小学生成长必读系列

让小学生学会生活的 100个故事

总 主 编：滕 刚

本册主编：王晓春

九 州 出 版 社
JIUZHOUPRESS ｜ 全国百佳图书出版单位

图书在版编目（CIP）数据

让小学生学会生活的100个故事/王晓春主编.-北京：九州出版社，2008.2(2021.7重印)

（"读·品·悟"小学生成长必读系列/滕刚主编）

ISBN 978-7-80195-756-6

Ⅰ.让…　Ⅱ.王…　Ⅲ.故事—作品集—世界　Ⅳ.I14

中国版本图书馆 CIP 数据核字（2008）第 015609 号

让小学生学会生活的 100 个故事

作　　者　　王晓春　主编
出版发行　　九州出版社
地　　址　　北京市西城区阜外大街甲 35 号（100037）
发行电话　　(010)68992190/3/5/6
网　　址　　www.jiuzhoupress.com
电子信箱　　jiuzhou@jiuzhoupress.com
印　　刷　　北京一鑫印务有限责任公司
开　　本　　710 毫米 × 1000 毫米　16 开
印　　张　　10.5
字　　数　　168 千字
版　　次　　2008 年 2 月第 1 版
印　　次　　2021 年 7 月第 7 次印刷
书　　号　　ISBN 978-7-80195-756-6
定　　价　　29.80 元

目 录

第一辑　生活青睐懂得规划的人

我们不能延伸生命的长度，但可以拓展生命的广度和深度。规划人生和统筹生活贯穿生命的过程，渗透到生活的每一个片断，我们在管理中要善用坚强的意志和严谨的态度，才能解读生活的无限美丽。

生命的筹码放在哪里，成就便在哪里。对现在和未来进行有效的管理，合理利用时间，规范有序地安排生活，避免盲目的消耗，便可以提高生活质量，提升人生价值。

目录

第二辑　快乐是生命开出的一朵花

　　乐观是一种处世哲学,是生活中的大智慧。对生活时时怀有一份快乐轻松的心情，则能使自己永远保持健康的心态和进取的信念。

　　快乐是一种歌唱生活的方式，它来自对生活的爱与希望。生活本来就充满情趣,就看我们以什么样的方式去享受这种快乐。在水中放进一块小小的明矾,就能沉淀所有的渣滓;如果在我们的心中培植快乐的意识,则可以沉淀许多浮躁与烦恼。

让小学生学会生活的100个故事·目录

第三辑　感恩让生命富有

　　俗语说:"滴水之恩,当涌泉相报。"感恩是一种生活态度,是一种善于发现生活中的感动并能享受这一感动的思想境界。感恩父母,感恩家人,感恩朋友,感恩生活……包括感恩逆境和敌人。

　　如果我们时时能用感恩的心来看这个世间,则会觉得这个世间很可爱、很富有!让我们拥有一颗感恩的心吧,有了它,我们会在寒冬里感受到暖意,在风雨中体会到幸福。

第四辑　朋友是一味良药

　　也许正是因为有了这些人,而使我们从柔弱中找到了第二天的坚强。在无助的时候,也许聆听他轻轻的话语是最好的力量;在伤感的时候,他是广阔的大海,可以容纳所有,让人舒心畅怀;在烦闷的时候,他是凉亭,给你一杯清茶,让人慢慢品位其中的清凉。

　　治疗疾病不仅仅需要药物,还需要友谊。朋友是什么?朋友是一味良药。

目录

第五辑　生活是一道选择题

人的一生要经历无数次的选择。正确的选择可以造就生命中灿烂的前程，错误的选择可以毁掉生活的梦想而品尝遗憾的苦果。因此，选择是愉悦的过程，也是痛苦的过程。

选择需要敏锐的洞察，需要谨慎的态度，还需要果敢的决断。选择了一棵树，必然要失去大片森林。不要只顾着在选择的路上来回奔跑，而忽略了生活本身。

第六辑　粗生活，细教养

粗生活、细教养就是说父母不需要在饮食等生理层面对孩子过分关注，生活可以粗线条点，但对于教养就要细线条。

古希措哲学家赫拉克利特说："礼貌是有教养的人的第二个太阳。"一个人可以生得不漂亮，但是一定要活得漂亮。无论什么时候，良好的修养、文明的举止、优雅的谈吐、博大的胸怀，以及一颗充满爱的心灵，都可以让一个人活得足够漂亮。

第七辑　有效沟通，曲线更近

在数学的世界，两点之间直线最短。但在与人交往的过程中，两颗心最短的距离并不一定是直线。

在与人交往的过程中，我们很难直截了当就把事情做好。我们有时需要等待，有时需要合作，有时需要技巧。

懂得聆听,懂得感谢,懂得设身处地为对方思考,懂得巧妙婉转地表达自己,才能把你和别人的心拉得更近。

第八辑　播种习惯,收获成功

几年前,一位记者问一位获诺贝尔奖的科学家:"请问您在哪所大学学到您认为最重要的东西?"这位科学家平静地说:"在幼儿园。""在幼儿园学到了什么?""学到把自己的东西分一半给伙伴,不是自己的东西不要拿,东西要放整齐,做错事要道歉,仔细地观察事物。"这位科学家出人意料的回答,直接说明了儿时养成的良好习惯对人一生具有决定性的意义。

造成人与人不同境遇的,不是天才和环境,而是习惯。很多人把平庸和懒散当成习惯,而成功的人却把优秀当成一种习惯。

让小学生学会生活的100个故事·目录

生活青睐懂得规划的人

让 小 学 生 学 会 生 活 的 100 个 故 事

　　我们不能延伸生命的长度，但可以拓展生命的广度和深度。规划人生和统筹生活贯穿生命的过程，渗透到生活的每一个片断，我们在管理中要善用坚强的意志和严谨的态度，才能解读生活的无限美丽。

　　生命的筹码放在哪里，成就便在哪里。对现在和未来进行有效的管理，合理利用时间，规范有序地安排生活，避免盲目的消耗，便可以提高生活质量，提升人生价值。

学 会 生 存

> 真正把人从饥饿、严寒和痛苦中拯救出来的是劳动和生存的技能，而不是他对书本上的东西掌握得如何。

费城的纳尔逊中学，是美国最古老的一所中学，它是第一批登上美洲大陆的 73 名清教徒集资创办的。在这所中学的门口，有两尊用苏格兰基布尔黑色大理石砌成的雕塑，左边的是一只苍鹰，右边的是一匹奔马。

三百多年来，这两尊雕塑成了纳尔逊中学的标志。它们被刻在校徽上，被印在明信片上，被缩成微雕摆放在礼品盒中。现在，我的书桌上也有一组纳尔逊中学的"鹰—马微雕"，它是中国的一个城市友好代表团 1999 年去费城访问时，一名随团参访的学生从纳尔逊中学带回来的。

这份来自大洋彼岸的礼物，在我书桌上已摆了两年。两年间，我审视过它们无数次，我知道它们的重量是 1.48 千克，它们的高度是 38 厘米，由紫檀木制成。可是，这组雕塑到底代表什么含义，我却从没想过，因为对鹰和马这一类的东西，我一直自以为是，认为鹰就代表鹏程万里，马就代表马到成功。可是，当有一天我在网上无意中读到这两尊雕塑的缘起，我才发现，我错了。我那种中国概念化的思维与这组雕塑的本意风马牛不相及。

那只鹰所代表的不是鹏程万里,它实际是一只被饿死的鹰。这只鹰为了实现飞遍世界的伟大理想,苦练各种飞行本领,结果忘了学习觅食的技巧,它是在踏上征途的第四天饿死的。那匹马也不是千里马,而是一匹被剥了皮的马。它嫌它的第一位主人——一位磨坊主给的活多,乞求上帝把它换到一位农夫家,上帝满足了它的愿望,可是它又嫌农夫给的饲料少。最后它被带给一位皮匠。在那儿什么活也没有,饲料也多,可是,没几天,它的皮就被剥了下来。

当我读到这组雕塑的寓言化解释时,我的第一个反应是:给那位送我这份礼品的人去个电话,问问这位全市成绩最优秀的中学生,是否知道纳尔逊中学的"鹰—马微雕"所表达的真正含义。

当我把电话打过去的时候,他正在为全国奥林匹克数学竞赛做最后的冲刺。他接到电话,没等我开口,就以一种命令的口气,说:"妈妈,这次竞赛直接关系到高考保送,明天你最好能来一下,顺便带 300 元钱,然后把我的脏衣服带走。"听到这些话,我欲言又止。心想这就是全市最优秀的学生,这就是我一直引以为骄傲的儿子。最后,我以一种无可名状的心情挂了电话。

前几天,在网上看到美国汉学专家威尔弗雷德博士写的一篇文章,说,中国人把联合国教科文组织倡导的"学会生存"(Learning to be)译错了(我们译成了"学会做人")。读后我想,我是不是该写篇文章,把有关那组雕塑的事讲出来,以告诉我的孩子以及与他类似的人:真正把人从饥饿、严寒和痛苦中拯救出来的是劳动和生存的技能,而不是他对书本上的东西掌握得如何。

(刘燕敏)

生活悟语

　　其实书本上的知识是需要我们活学活用的,死记硬背的知识,是不会被我们全部吸收,灵活运用的;而人是无法脱离生活的,独立很重要,这就需要我们学会劳动和工作,用自己的努力养活自己,造福社会。

要提高自己的生活能力

> 亚瑟就是我们常说的高分低能儿。有出色的学习成绩，却缺乏生活的能力。没有生活能力的人是可悲的，只能走向失败。

亚瑟到一家广告公司面试。他对自己的能力和经验很自信，因为他专业成绩好，年年都拿奖学金，而且在学校里也是出类拔萃的人物。广告公司在这座大厦的 20 层。

这座大厦管理很严，两位精神抖擞的保安分立在两个门口旁，他们之间的条形桌上有一块醒目的标牌："来客请登记。"

他上前询问："先生，请问 2010 房间怎么走？"

保安抓起电话，过了一会儿说："对不起，2010 房间没人。"

他忙解释："不可能吧？我刚才还跟他们打过电话，再说今天是他们面试的日子，您瞧，我这儿有面试通知。"

那位保安又抓起电话。

"对不起，先生，2010 还是没人。我们不能让您上去，这是规定。"

时间一秒一秒地过去，他心里虽然着急，也只有耐心地等待，同时祈祷该死的电话能够接通。已经超过约定时间 10 分钟了，保安又一次彬彬有礼地告诉他电话没通。他当时压根儿也没想过第一次面试就吃了这样的"闭门羹"。面试通知明确规定："迟到 10 分钟，取消面试资格。"即使打通也不能参加面试了。

他犹豫了半天，只得自认倒霉地回到了学校。晚上，他收到了一封电子邮件："先生，您好！也许您还不知道，今天下午我们就在大厅里对您进行了面试，很遗憾您没通过。您应当注意到那位保安先生根本就没有拨号，大厅里还有别的公用电话，您完全可以自己询问一下。我们虽然规定迟到 10 分钟取消面试资格，但您为什么立即放弃却不再努力一下呢？祝您下次成功！"

亚瑟就是我们常说的高分低能儿。有出色的学习成绩，却缺乏生活的能力。他没有细心观察的能力，连保安拿起电话并未拨号这个现象也没有看到；也没有全面考虑问题的能力，大厅还有别的电话，他却没有注意；更不懂变通，规定说 10 分钟后取消面试资格就不再去努力试一下。没有生活能力的人是可悲的，只能走向失败。

生活悟语

不合理的教育可能会培养出不少的高分低能儿，他们学习成绩很好，但是却不懂生活。他们不懂得观察生活的细节，不懂得动手比等待更好，不懂得全面地思考实际问题。这样一个缺乏生活常识，而又没有独立性的人，又有谁会录用呢？

60＝8

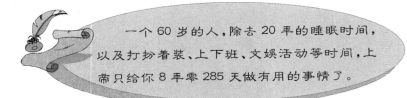

一个 60 岁的人，除去 20 年的睡眠时间，以及打扮着装、上下班、文娱活动等时间，上帝只给你 8 年零 285 天做有用的事情了。

如果有人对你说，一个活了 60 岁的人，其实他仅仅只生活了 8 个年头。这会不会让你大吃一惊？

然而，这是真的。

一位科学家做过这样的计算：一个60岁的人，除去20年的睡眠时间，以及打扮着装、上下班、文娱活动等时间，上帝只给你8年零285天做有用的事情了。

时间残酷而紧迫地挤压着我们的生命。

我们拥有时间。但是，我们不可把握它，只能感知它。

因此，聪明的人，极为注重从事工作的时间的质量。哲学家赛纳卡最先理解了时间的价值。他想驯服时间，了解它的本质，给时间戴上笼头："对自己的每一笔支出都要记账。我不能说我一点儿也没有浪费，但我总是心中有数，我浪费了多少，是怎么浪费的，为什么浪费的。"

幸福的人是不看表的，反过来说，不看表的人是幸福的。

但是，昆虫学家亚历山大就自愿地担当起"看表"的苦差事。从1916年开始，25岁的他便实行一种"时间统计法"，每天都核算自己的时间，一天一小结，每月一大结，年终一总结，直到1972年他去世那一天，56年如一日，从不间断。正是时间，使他取得丰硕成果，发表了70多部著作，写了12500张打字稿的论文和专著。

（那家伦）

生活悟语

人的一生，只有短短的数十年，而其中用于体验生活的，更是少得可怜。善于管理自己时间的人，争取每分每秒的生活和学习都有质量的保证，避免浪费；善于运用时间的人，取得的巨大成功是荒废时间的人无法想象的。

生命中最重要的事

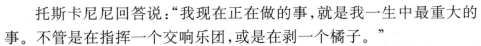

　　我现在正在做的事，就是我一生中最重大的事。不管是在指挥一个交响乐团，或是在剥一个橘子。

　　托斯卡尼尼是举世闻名的指挥家。他到过很多地方，指挥过无数的乐团，也见过无数的达官显贵。80岁时，儿子好奇地问他："您觉得您一生做过最重要的事是什么？"

　　托斯卡尼尼回答说："我现在正在做的事，就是我一生中最重大的事。不管是在指挥一个交响乐团，或是在剥一个橘子。"

　　在我当总医师时，有一个室友。他刚开始刷牙，又离开浴室去挑上班要穿的衣服，而嘴里还满是泡沫。接着，他又忙着整理桌上的资料，还一边说今天有哪些事要办。不消说，他的日子总是过得匆忙无趣。

　　在医学院教书，我发现有几个学生上课都不看我，他们一直忙着抄笔记。他们很努力、很认真地写，但我从不认为他们是"好学生"，因为他们对考试的兴趣远超过对学习的兴趣。他们或许能从笔记中得到考试时所需的知识，但他们无法全然地了解。片片断断地抄下来，知道的也只是片片断断，当他们把我的话写下来，我已经又讲了其他东西，他们将一再错过。你必须全心全意地融入，尽你所能地投入，仿佛此时此地世上唯有此人唯有此事……然后才会有真正了解。这必须变成你的人生态度，变成你的生活方式，无论你是在上课、吃饭、聊天、跳舞、画画……

有人问凡·高："你的画里面哪一张最好？"他说："就是我现在正在画的这一张。"几天之后，那个人再问。凡·高说："我已经告诉过你，就是我现在正在画的这一张！"

是的，你现在正在做的事，就是你生命中最重要的事……即使是在剥一个橘子。

（何权峰）

生活悟语

生命中最重要的事，就是你必须做而正在做的事，即使是一件很小的事情，也能构成你幸福的生活。全神贯注地投入生活，关注每一刻的行为，学会管理自己的生活方式，这样，人在每一刻所做的事都是重要的而不是虚度的。

"吝啬"的女王

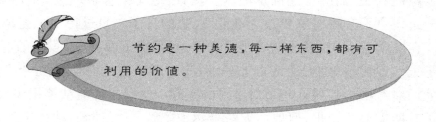

节约是一种美德，每一样东西，都有可利用的价值。

英国女王伊丽莎白二世比阿拉伯的任何石油富豪和巨贾都更为富有。据说，她的财产不下25亿英镑。

虽然如此富有，但女王仍然十分注意节约。有句英国谚语常挂在女王的嘴边："节约便士，英镑自来。"

在白金汉宫，不仅照明，而且供暖也都保持在最低限度，因为女王

用小电炉来暖和宽敞的大厅。应邀到郊外农村的皇家住宅去做客的人，被告知需自带毛衣，因为那里暖气并非 24 小时都供应，而且还请应邀者自带酒去，因为"我们并不是大酒鬼"。

皇宫里相当部分的家具已经"老掉牙了"，几乎要散架了。自维多利亚女王时代以来，皇宫里的家具从未更换过。当参观皇宫者看到经过修补的沙发和地毯，已经很不像样的挂毯，满是灰尘的书房时，无不为之惊叹。

女王坚持皇家只用上面印有查尔斯王子纹章的特制牙膏，因为这种牙膏可以挤到一点儿也不剩。女王如果看见掉在地上的一根绳子或带子，也要捡起来塞进口袋里，也许什么时候这些东西会派上用场。女王很喜欢马，但在马厩里，马不是睡在干草上，而是睡在旧报纸上，因为干草太贵。

女王不仅自己以身作则，同时也要求其家人按节约精神办事。就是她的丈夫菲利普，钱包也是扣得紧紧的。看到饭馆里酒价飞涨，到了圣诞节，他请宫廷人员在一家豪华宾馆里吃饭时，便自己准备一些酒带去。

生活悟语

拥有女王这样尊贵的地位，按理来说生活即使不够奢华也绝对不会太寒酸，然而，女王仍然节俭持家。因为她清晰地意识到节约是一种美德，每一样东西，都有可利用的价值。对比女王，那些还在随便倒掉剩饭、扔掉书本的孩子，是该反省的时候了。

晏子的风范

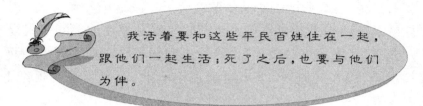

我活着要和这些平民百姓住在一起，跟他们一起生活；死了之后，也要与他们为伴。

晏子是春秋时期齐国著名的政治家，虽然当宰相多年，但他生活一直十分节俭。他平常只是穿一件有几个补丁的旧袍子，补丁的颜色与袍子的颜色也极不协调，看上去十分刺眼。

有人问他："您身为宰相，衣服这么破了，为什么不换一件新的呢？"晏子笑着回答说："衣服是为了挡风御寒的，何必穿得那么奢华呢。这件袍子虽然旧了一点儿，可穿在身上一点儿也不觉得冷，何必要扔掉它呢？那岂不是很可惜吗？"

晏子不但品德高尚，还特别善于治理国家，因此齐景公极为尊重他。晏子住的房屋也十分简陋，齐景公知道后，就想给他建一座新的，于是便将这个想法告诉了晏子。

晏子急忙回答说："大王，多谢您对臣子的关心。可是我的祖辈一直在此居住，跟他们相比，我很平庸，没有理由去住豪华的房子。再说我家附近就是市场，买起东西来也比较方便。我在这里居住感到十分惬意。"

齐景公听后，对这位节俭质朴的臣子更加敬重。没过多久，齐景公就趁晏子出使晋国的机会，派人将他的那座破旧房屋修建一新了。为了改善房子四周的环境，官吏们还强令周围的平民统统搬往别处。晏子从晋国回来，发现自己的旧房子不见了，四周的居民也不见了，他马上明白了其中的原委。

于是他赶紧到宫中去拜见齐景公，并再次陈述自己的想法。紧接着，他便吩咐手下将新房拆掉，恢复原来的模样；同时，他还派人请原先的邻居搬回原来的住处，并挨家挨户地亲自去道歉。

回到家之后，晏子再三嘱咐家人："我活着要和这些平民百姓住在一起，跟他们一起生活；死了之后，也要与他们为伴。"晏子去世后，家人按照他的愿望，将他安葬在自家的院子里。

生活悟语

现在，是一个资源匮乏的年代，缺水、缺电、缺石油……而未来的缺口还会更大。只有发扬祖先们勤俭节约的美德，向晏子学习，不浪费一针一线，才能减少能源的损耗，为子孙后代造福。

勤俭助你渡过难关

两只小熊每天挨家挨户收集那些别家准备扔掉的锅巴。回家后，它们把锅巴晒干，然后收藏起来。日积月累，居然积了好几口袋干锅巴。

在大森林深处有一个精美的小木屋，小木屋里住着两只小熊，姐姐叫格蕾丝，妹妹叫凯丽。两只小熊长得十分可爱，并且非常谦虚有礼，所以森林里的其他成员都非常喜欢它们。

两只小熊快乐地成长着，它们无忧无虑，相依为命。格蕾丝和凯丽都非常节俭，它们从不浪费食物。一次，格蕾丝发现兔子彼得经常把一些剩下的锅巴扔掉，觉得非常可惜。于是，它与妹妹凯丽商量，决定把锅巴收集起来，以备不时之需。就这样，两只小熊每天挨家挨户收集那些别家准备扔掉的锅巴。回家后，它们把锅巴晒干，然后收藏起来。日积月累，居然积了好几口袋干锅巴。兔子彼得和小鹿安妮觉得小熊姐妹实在是太无聊了，便经常嘲笑它们。

　　日子就这样不停地流逝着，转眼到了冬天。这一年的冬天特别寒冷，并且下起了罕见的大雪，雪下了三天三夜都没有停止的迹象，森林里所有的动物都无法出门寻找食物，大家都快断粮了。格蕾丝和凯丽看到这种情形，便意识到贮藏已久的锅巴可以派上用场了。它们把锅巴拿出来进行了合理的分配，除了给自己留下一小部分外，其余的分成若干份，分别送给其他的动物。当它们敲开兔子彼得和小鹿安妮家的门，说明来意时，彼得和安妮惭愧地流下了眼泪。就这样，在格蕾丝和凯丽的帮助下，所有的动物都顺利地度过了严寒的冬天。

　　从此以后，在格蕾丝和凯丽的影响下，所有的动物都养成了勤俭节约的好习惯。

　　懂得节约，是我们在生活中必须学会的基本能力。我们只有在平时的学习、生活中注意积累对我们有益的东西，到最后，受益的才会是我们自己。

生命是有长度的

生命原来是有长度的。在这有限的过程里面，首先是要珍惜，然后是为你的生命确立一个意义，要有一种终极的价值观。

1998年，著名作家毕淑敏成了心理学研究生。经过几年艰苦的学习，到2003年7月，眼看就可以拿到心理学博士学位，但她却决定放弃文凭。

别人问她原因，她回答道："因为我不能去考外语、写论文。我担心一个几十万字的心理学博士论文写下来，我可能就不会写小说了。因为风格不一样，思维的训练也不一样。考外语，是一个死功夫。我想，生命对我这个年过五十的人来说是那么宝贵，不值得拿出半年时间，专门去念外语，去应对考试。"

毕淑敏清醒地认识到，生命原来是有长度的。在这有限的过程里面，首先是要珍惜，然后是为你的生命确立一个意义，要有一种终极的价值观。

于是她选择在北京西四环外开设一家心理咨询中心，她认为这是"助人和自助的工作"，是她极有兴趣探索和愿意去做的有价值的事情。

生活悟语

人不能自行延伸生命的长度，但可以决定生命的深度和宽度。时间抓起来是黄金，抓不起来是流水。珍惜生命中的每一天，并将其投入到有价值、有意义的事情中去，这样，生命才会过得精彩并实在。

每天做好一件事

> 这个漏斗代表你，假如你每天都能做好一件事，每天你就会有一粒种子的收获和快乐。

有一位画家，举办过十几次个人画展，参加过上百次画展。无论参观者多与否，有没有获奖，他的脸上总是挂着开心的微笑。

在一次朋友聚会上，一位记者问他："你为什么每天都这么开心呢？"

他微笑着反问记者："我为什么要不开心呢？"

后来，他讲了他儿时经历的一件事情：

我小的时候，兴趣非常广泛，也很要强。画画、拉手风琴、游泳、打篮球，样样都学，还必须都得第一才行，这当然是不可能的。于是，我便闷闷不乐，心灰意冷，学习成绩一落千丈。有一次，我的期中考试成绩竟排到全班的最后几名。

父亲知道后，并没有责骂我。晚饭之后，父亲找来一个小漏斗和一捧玉米种子，放在桌子上，告诉我说："今晚，我想给你做一个试验。"

父亲让我双手放在漏斗下面接着，然后捡起一粒玉米种子投到漏斗里面，种子便顺着漏斗滑到了我的手里。父亲投了十几次，我的手中也就有了十几粒玉米种子。然后，父亲一次抓起满满一把玉米种子放到漏斗里面，玉米种子相互挤着，竟然一粒也没有掉下来。

父亲意味深长地对我说："这个漏斗代表你，假如你每天都能做好一件事，每天你就会有一粒种子的收获和快乐；可是，当你想把所有的事情都挤到一起来做，反而连一粒种子也收获不到了。"

20多年过去了，我一直铭记着父亲的教诲："每天做好一件事，坦然微笑地面对生活。"

生活悟语

每个人都期望成功，渴望幸福，但成功与幸福的秘诀又在哪里呢？是否终日忙碌、什么事都干就能换取呢？其实，成功需要目标明确，需要在日常生活中点点滴滴的累积。成功与幸福并不是由"多劳"决定的。一步一个脚印，每天做好一件事，这才是真正的智慧。

啤酒的哲学

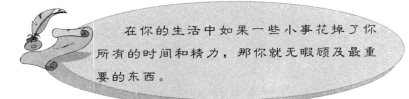

在你的生活中如果一些小事花掉了你所有的时间和精力，那你就无暇顾及最重要的东西。

哲学教授站在讲台上，取出一个约3升的空玻璃罐，往里面塞满了直径约5厘米的石块，然后他问学生们："罐子满了吗？"

"满了。"学生们回答道。

于是教授又取出一小袋绿豆把它们倒进玻璃罐，轻轻摇了摇。当然，绿豆占满了石块间的空隙。教授又问道："罐子满了吗？"

学生们都笑了，回答道："满了。"

接着教授又从桌子里取出一个装满沙子的盒子，把沙子倒进玻璃罐，沙子完全填满了空隙。他再次问学生们："罐子满了吗？"

"是的，这次满了！"学生们都喊道。

教授微笑着又取出两罐啤酒倒进玻璃罐里，沙子吸收了全部的啤酒直到最后一滴。学生们看到这里全都笑了起来。

"现在，我想让你们明白的是：玻璃罐代表你们的一生，石块代表你们生命中最重要的东西：家庭，健康，朋友，孩子。他们能使你的生活变得充实而美好，尽管其他的东西失去了，可他们会陪伴你一生。"教授接着说道，"而绿豆代表你的工作、房子、汽车，沙子代表其他的一些小事……如果一开始用沙子填满了玻璃罐，那就没有绿豆和石块的地方。同样，在你的生活中如果一些小事花掉了你所有的时间和精力，那你就无暇顾及最重要的东西。你应该经常做一些带给你幸福的事：和孩子们玩耍、抽出时间给你的伴侣、和朋友们聚会。还要经常找时间干干活、收拾房间、修理和擦洗汽车。"

教授准备收拾东西下课了，一个学生举手问："那啤酒代表什么？"

教授微笑着说："我很高兴你能问我这个问题。我这样做只是想向你们证明：无论你的生活多么紧张，你总能找到喝啤酒的时间。"

（王文雅）

生活悟语

　　常有人把生命界定为事业、财富、家庭或其他。其实，生命是一个综合体验的过程，不可能只为单纯的某一种追求而存在，因此要学会善待自己。幸福是一颗梦想的种子，需要用生命的热情去灌溉，这样，美好的感觉才会渗透在生活的每一个细节之中。

人生如下棋

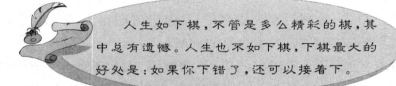

人生如下棋，不管是多么精彩的棋，其中总有遗憾。人生也不如下棋，下棋最大的好处是：如果你下错了，还可以接着下。

父亲喜欢下象棋。那一年，我大学回家度假，父亲教我下棋。

我们俩摆好棋，父亲让我先走三步，可不到 3 分钟，三下五除二，我的兵将损失大半，棋盘上空荡荡的，只剩下老"帅"、"仕"和一"车"两"卒"在孤军奋战，我还不肯罢休，可是已无回天之力，眼睁睁看着父亲"将军"，我输了。

我不服气，摆棋再下。几次交锋，基本上都是不到 10 分钟我就败下阵来。我不禁有些泄气。父亲看看我说："你初学棋，输是正常的。但是你要知道输在什么地方，否则，你就是再下 10 年，也还是输。"

"我知道，输在棋艺上。我技术不如你，没有经验。"

"这只是次要因素，不是最重要的。"

"那最重要的是什么？"我奇怪地问。

"最重要的是你心态不对，你不珍惜你的棋子。"

"怎么不珍惜呀？我每走一步，都想半天。"我不服地说。

"那是后来。开始你是这样吗？我给你计算过，你三分之二的棋子是在前三分之一的时间内失去的。这期间你走棋不假思索，拿起来就走，失了也不觉得可惜。因为你觉得棋子很多，失一两个不算什么。"

我看看父亲，不好意思地低下头。"后三分之二的时间，你又犯了相反的错误：对棋子过于珍惜，每走一步，都思前想后，患得患失，一个棋子也不想失，结果一个一个都失去了。"

说到这，父亲停下来，把棋子重新在棋盘上摆好，抬起头，看着我，问："这一盘待下的棋，我问你，下棋的基本原则是什么？"

我想也没想，脱口而出："赢啊！"

"那是目的。"父亲不满地看了我一眼，"下棋最基本的原则是得、失。有得必有失，有失才有得。每走一步，你心里都要非常清晰，为了赢得什么，你愿意失去什么，这样才可能赢。可惜，大部分人都像你这样，开始不考虑得失，等到后来失得多了，又过于考虑得失，所以才屡下屡败啊！其实不仅是下棋，人生也是如此呀！"

我看着父亲，又看看眼前的棋，恍然顿悟：人生不就是一盘待下的棋吗？所不同的是，有的人，棋刚刚摆好，还没开场；有的人，棋已经下了一半，得失参半；而有的人，棋已经接近尾声，尘埃落定！

人生如下棋，不管是多么精彩的棋，其中总有遗憾。

人生也不如下棋，下棋最大的好处是：如果你下错了，还可以接着下。

（林　夕）

生活悟语

人生有得有失，生命中不可能没有遗憾。当面对这些遗憾的时候，不要用无谓的懊恼给自己制造麻烦，不要让烦恼消耗宝贵的生命。遗憾既然不可避免，那么就积极地面对，快乐才能牢牢把握在你的手中。

用 MBA 管理女儿

为了奖励她，父亲请她吃消夜，表扬她人小志大，学会用 MBA 管理自己。父亲解释说，所谓管理，就是用最小成本，获得利益最大化。

这是一位商界朋友的故事。他出身贫寒，靠勤奋努力，考入名校，经过多年打拼，成为一名出色的 CEO，跻身于富人行列。与许多富人不同，他对女儿非常严格，上学乘坐公共汽车，零花钱严格限制，与普通人家的孩子没什么两样。在他的管理教育下，女儿非常出色，以优异的成绩考入重点高中。开学那天，她希望爸爸破例用车送她，于是径直上了门前的车。

"爸爸，今天是开学第一天，你送我吧。"女儿央求道。

父亲板起脸："不行。这是公司的车，不能私用。你赶紧下去，坐 23 路。"

"可是，现在去已经来不及了。爸爸，你就送我一次吧。昨天开学典礼，好多同学都是家长开车送的，就我可怜巴巴没人管。你今天就送送我吧。我保证：只此一次，下不为例。"

女儿这么一说，做父亲的也有点儿心软。但公车不能私用，这是他定的原则，他一向对某些官员、富商用车接送孩子这种行为很反感，这会助长孩子的虚荣心，形成攀比情结，不利于他们健康成长。想到这，他心一硬，语气严厉地道："不行。公司的车是为我工作方便用的，你不能享受你无权享受的特权。这样吧，我给你零钱，你打出租车去。"

父亲从钱夹里拿出 20 元钱。女儿接过钱，转身下车，气呼呼地走了。

从那以后，女儿再也不提坐车的事。有一次，赶上台风，下大暴雨，公交车塞住了，女儿一路走回家，淋得像落汤鸡，第二天感冒发烧，打了两天点滴才好。为这事妻子和他吵了起来，说他不近人情，就这么一个女儿，万一有个三长两短怎么办？

在原则问题上，他是不会妥协的，但也觉得应该想个办法，于是召开家庭董事会，商订出一个妥帖方案：除了每天 5 元零花钱，再给女儿 30 元备用金，遇到雨雪坏天气，就打出租车回家。

这之后不久，有一天下暴雨，父亲开完会赶回家，已经 8 点多了，女儿还没回来。他不禁有些担心，别是叫不到出租车。这种天气，出租车也成了稀缺资源。正犹疑担心，电话响了，是女儿。她说雨太大，打不到出租车，去学校旁边的麦当劳，花 18 元买了份套餐，一边吃一边做作业，等雨停了再走。怕家里担心，打电话回来告诉一声。

女儿回家时，已是雨过天晴。为了奖励她，父亲请她吃消夜，表扬她人小志大，学会用 MBA 管理自己。父亲解释说，所谓管理，就是用最小成本，获得利益最大化。MBA 其中重要一项，就是市场分析，明确竞争对手，选择正确路径，实现设定目标。你今天的行为，就是一个很好的案例。你看，你的目标是回家，方式有几种，乘出租车、公交车、步行，出租车打不着，公交车塞车，步行太远而且被雨淋，于是你选择一个新路径——去麦当劳，这样既避开交通高峰和暴雨，又能就餐、写作业，现在雨过天晴，你也安全回家了，这就是用最小成本获得最大收益。以后无论什么事，你如果都能这样，我保证，将来肯定会成为一名出色的经理人。

（林　夕）

生活悟语

　　良好品质的培养，都需要从小开始。文中这位态度坚决的父亲，用他的"小投资，大收益"理论教育他的女儿，让女儿学到十分出色的自我适应和独立的生存能力。如果天下父亲都有这位父亲的坚持和"狠心",孩子自然会拥有自我管理和规划人生的能力。

宋庆龄的故事

宋庆龄深深地记得父亲的话。长大以后,她真的成为一位既富有爱心和宽容心,又面对邪恶势力敢于斗争的坚强女性!

宋庆龄是20世纪中国最伟大的女性之一,早年就追随孙中山,一生奉献于革命事业,曾任中华人民共和国副主席、名誉主席。她一共兄妹6人,其中姐姐宋蔼龄、妹妹宋美龄在中国近代史上都具有特殊的地位。

宋庆龄的父亲宋嘉树,字耀如,是一位爱国的实业家,也是一位教子有方的好父亲。宋耀如对压抑个性、以循规蹈矩为贤明和以唯唯诺诺为老成的陈腐的封建教育深恶痛绝,他认为这种教育会使一个伟大的民族一天天地沉沦下去。他心中有一个美好的意愿,这就是要努力将孩子们培养成为对社会有用的人才。为此,他教育子女从小就要自立、自信、自强,养成艰苦奋斗的精神。

为此,当第一个孩子出生后,他就制定了一套教育孩子的方案,并为实现这个方案倾注了大量的心血。当孩子蹒跚学步时,他就买了一箱子皮球给孩子玩。孩子摔倒了,他不去扶,反而笑着鼓励孩子自己爬起来。待孩子稍大一些,就经常带孩子到野外去徒步旅行。他有时还和孩子们一起禁食,以学会忍饥挨饿求生的本领。他让孩子学会自控和忍耐,培养孩子坚强的性格。

有一次,宋耀如选择一个雷电交加的日子,带着孩子们去龙华。他让孩子们丢开手中的雨伞参观龙华古刹,并对孩子们说:"孩子们,看看这座塔,千百年来不怕风雨雷电,仍然高高耸立,为什么?因为它基础牢固,骨架紧密。既然你们立志将来要投身革命,就要从小打下良好的基础,练骨架,现在我们一起进行比赛,围绕宝塔跑六圈,看谁先到达终点!"

宋耀如带着孩子们奔跑,孩子们个个快速地跑起来,没有一个愿意落后的,哪个孩子不小心摔倒在泥泞的地上,就会立即爬起来,继续跑……

宋耀如还反对无节制地满足孩子的欲望,主张培养孩子的自制能力。他强调如果要想把孩子培养成为一个伟大的人物,就应当有比钢铁更坚强的意志。

宋庆龄生性稳重、腼腆,和姐妹兄弟们在一起时,她总是最文静的一个。不过,父亲为孩子们营造的生活环境和气氛,也使小庆龄于天性之外受到补益。在假期里,三姐妹和小兄弟们在院子里玩耍,爬过院墙到别人的田地里嬉戏;他们到田野里奔跑,采集花草,捕捉虫鸟,无拘无束地尽情欢笑。有一次,姐妹兄弟玩"拉黄包车"的游戏,宋蔼龄装成黄包车夫,宋庆龄扮成乘客,小妹小弟跟在身后又蹦又跳。正玩得开心时,不料"车夫"拉车用力过猛,双手失去控制,一下把"乘客"抛了出去。"车夫"愣在那里傻了眼,知道自己闯了祸;"乘客"又疼痛又委屈,满脸不高兴。

这件事被宋耀如知道了,他慈爱地对宋蔼龄说:"做游戏也要有分寸。'黄包车夫'可不光是使力气呀!伤了乘客还怎么拉生意呢?"小蔼龄不好意思地笑了。宋耀如又笑着对宋庆龄说:"我们的'乘客'这样宽宏大量,这样勇敢坚强,真是了不起!"小庆龄受到父亲的夸赞和鼓励,一脸的阴云散去了。

宋庆龄深深地记得父亲的话。后来,在美国求学期间,刻苦努力、奋发向上,并积极参加各项有益的社会活动。长大以后,她真的成为一位既富有爱心和宽容心,又面对邪恶势力敢于斗争的坚强女性!

　　宋庆龄的父亲教育孩子，首先教他们学会独立生活的能力，并且学会在恶劣的条件下生存。这样鼓励与引导并存，让孩子在对生活的感悟中逐步成长，是很好的教育方式。人生是不能重来的，自小养成良好的生活习惯，珍惜每一寸光阴，每一刻都过得充实，也就不让此生虚度了。

第一辑　生活青睐懂得规划的人

生命中最重要的事，就是你必须做而正在做的事，即使是一件很小的事情，也能构成你幸福的生活。全神贯注地投入生活，关注每一刻的行为，学会管理自己的生活方式，这样，人在每一刻所做的事都是重要的而不是虚度的。

快乐是生命开出的一朵花

　　乐观是一种处世哲学,是生活中的大智慧。对生活时时怀有一份快乐轻松的心情,则能使自己永远保持健康的心态和进取的信念。

　　快乐是一种歌唱生活的方式,它来自对生活的爱与希望。生活本来就充满情趣,就看我们以什么样的方式去享受这种快乐。在水中放进一块小小的明矾,就能沉淀所有的渣滓;如果在我们的心中培植快乐的意识,则可以沉淀许多浮躁与烦恼。

统 计 快 乐

这个城市很喧嚣，很世俗。但是，这位司机让我觉得他十分可爱，他为别人播放音乐，他希望带给别人快乐，然后他会因为别人的快乐而快乐。

我在杭州打的，很幸运，遇上了一位健谈和乐观的司机。

我刚坐上副驾驶座位，司机说："这音乐喜欢吗？"我听到，车载 CD 正在播放一段打击乐，很舒缓的那种。

我说："好啊，我也蛮喜欢。"

车子在车流中穿行，不时地堵车，但那段节奏感很强的打击乐让我不由得轻轻摇摆起了自己的身体，头慢慢地随着音乐的鼓点摇着。

司机笑了，说："今天你是第二十个喜欢这段音乐的客人。"我非常诧异，我经常遇到一堵车就马上拿出一沓小钞，一张张数，然后心满意足的司机。但像他这样，统计一段音乐能给多少乘客带来快乐的司机，我还是第一次遇到。

司机微胖，40 岁光景，脸上有点儿凹凸不平，他年轻的时候肯定长过青春痘。

他很快乐。

于是，我由衷赞赏他的音乐，后来又问他这 CD 是从哪里买来的。他告诉我，这是进口 CD，在杭州还没有出售，有一次他到朋友家做客，听到这张 CD 后,就千方百计要了来。

司机说:"那是抢,我也不管他同不同意了。"

司机笑了。

司机拉开储物盒,我发现里面全是 CD。司机对我说:"我还储备了这些,有些乘客喜欢听女声的,有些喜欢听男声的。但是,这段打击乐是最多人喜欢听的。"

司机也开始摇头晃脑。

十几分钟后,我的目的地到了。我下车,又有一位年轻人一路小跑过来,然后坐上了副驾驶座位,车子启动了,我依稀听到那司机在问:"这段音乐你喜欢吗?"

车子滑入了滚滚车流中,我仿佛听到那个司机开心地在说:"你是今天第二十一个喜欢这段音乐的人。"

这个城市很喧嚣,很世俗。但是,这位司机让我觉得他十分可爱,他为别人播放音乐,他希望带给别人快乐,然后他会因为别人的快乐而快乐。

这样的快乐,既普通如水,又隽永如醇酒。

(流 沙)

生活悟语

　　把自己的一份快乐分成两份,就成了两个人的快乐;再把它分成无数份,就有了无数人的快乐。快乐是可以传染的,把它带到哪里,哪里就弥漫着它的芬芳。为别人带去快乐,其实是一件举手之劳的事情,与其独乐,不如让更多的人同乐。

不要为快乐制订条件

> 不论你是百万富翁还是穷光蛋，每一天都应该有一个基本的目标，就是衷心喜悦地享受生活。

心理学家告诉我们，为了获得真正的快乐，千万不要为自己的快乐制订条件。

别说："只要我赚到1万元，我就开心了。"

别说："我只要搭上去往巴黎、罗马、维也纳的飞机，就快乐了。"

别说："我到60岁退休的时候，只要卧在躺椅上晒晒太阳，就满足了。"

生活中的快乐，不应该有条件。

不论你是百万富翁还是穷光蛋，每一天都应该有一个基本的目标，就是衷心喜悦地享受生活。患得患失的百万富豪会对自己说："有人会偷走我的钱，然后就没有人理睬我了。"意志坚强的穷光蛋却会对自己说："债主在街上追我的时候，我正好可以运动一下。"

不要愚弄你自己，如果你真的想要得到生活的乐趣，你能够找到，但要有一个先决条件：你必须有这份福气消受。有许多无福消受生活乐趣的人，他们在功成名就之后，非但不能松弛，反而更趋紧张。在他们心目中，似乎老是受到各种追逐——疾病、诉讼、意外、赋税，甚至还包括了亲戚的纠缠。

学习快乐的追求，而非痛苦；尊崇快乐的效力，因而产生自我的价值感。

一个人心中有太多的如果，就永远得不到快乐，因为当他实现了这个"如果"之后，又会有那个"如果"。人有各种各样的要求，永无休止地为快乐制订条件，我们只能痛苦于半路。其实，路没有尽头，快乐地走过每一段，那么一路上都是阳光普照。

最精炼的智慧

后悔常常使我们陷于苦恼之中，错失注注令我们自责难过。回头看，无济于事，那么我们就向前看，等待在下一次中做得更好。

一位心理医生每天的工作就是帮助自己的病人解决所有的心理难题，他工作了整整 30 年，几乎大半生都用在倾听别人的烦恼和困惑上。

他快要退休的时候，决定把自己一生的经验总结成书，这样不但能够让人们少走许多弯路，也对自己的工作是一份完整的总结。于是，他开始着手创作，最终完成了一本心理学的专著，其中不但有各种心理疾病的症状表现和治疗方法，还加入了自己的临床实践经历，可以说是一本经历了时间考验的心理百科全书。

这位老医生也被心理学界公认为权威。很多学校、企业纷纷邀请他去讲课。一次，他在一所大学的课堂上，拿出了自己的那本专著，望着台下同学们崇拜的目光,他轻轻说:"我这本书共有 200 万字,讲了 3000 种以上的治疗方法和药物,可是这所有的内容可以总结成为几个字。"

同学们睁大了眼睛,用几个字总结心理专家一生的结晶,那一定是充满智慧的语言。只见专家转身在黑板上写下了几个字:"如果,下一次。"学生们都在期待着解释。专家说:"我多年的心理治疗,都是从倾听病人的烦恼开始的。我发现很多病人之所以受到精神困扰,是因为'如果'这两个字,很多人都长久地被这两个字折磨着,他们总是在诉说完自己的苦恼之后,加上一句'如果我当初好好努力'、'如果我没有选择离开'、'如果我抓住了那次机会'……有些人会为了这个'如果'寝食难安、捶胸顿足,甚至有些人因此产生自杀倾向。"

专家顿了一顿,接着说:"我的治疗,不管是采用什么方法,最终的目的就是把他们引出'如果'的深渊,让他们去发现'下一次'。当人们能够被下一次所吸引时,所有的精神困扰都会消失。他们开始说'下一次我会选择好好进修'、'下一次我一定不会再错过'、'下一次我一定抓住机会'……的时候,我就知道,他们马上就会痊愈了。"

生活悟语

后悔常常使我们陷于苦恼之中,错失往往令我们自责难过。但我们明知不能回头,却偏要把过去的痛苦带到现在。回头看,无济于事,那么我们就向前看,等待在下一次中做得更好。不要自找一些不必要的痛苦,把希望放在未来,我们就能快乐地过好每一天。

寻 找 快 乐

猛然间，欢欢大叫起来："我找到快乐了！"原来，在别人快乐的时候，自己就能得到快乐。

小兔欢欢在森林小学里上学。这天，梅花鹿老师布置了一项作业，让每个学生都去寻找一种叫快乐的东西。这可急坏了欢欢、小猴子奇奇和小熊猫聪聪。

一放学，欢欢便跑回家问妈妈："妈妈，快乐是什么东西？"妈妈和蔼地说："欢欢，这快乐的答案只有你自己才能找到。"

第二天，欢欢、奇奇、聪聪聚在一起，准备出发去寻找快乐的秘密。它们穿过树林，来到一条小河边，发现河里有个东西在沉浮，还隐隐约约传来一阵哭声。欢欢的耳朵最灵，一下子就听出了这是小猫咪咪的哭声。大家望着湍急的河水，十分着急。一向被称为"智多星"的奇奇灵机一动，想出了一个好主意。它跳上一棵大树，把树枝压下来垂到河面上，咪咪很快拉住枝条爬上了岸。

大家一起护送咪咪回家。咪咪的妈妈十分感激地告诉它们："咪咪这几天发高烧，净说胡话，吃了很多药都不见效，今天一大早便出去了……"聪聪急中生智，一边把手提电脑打开一边说："别急，我们可以向全世界求助。"聪聪很快进入了医疗网站，向世界各地的医生发出了求援信。欢欢和奇奇也没闲着，一会儿给咪咪倒水，一会儿给咪咪换毛巾，忙得不亦乐乎。很快，聪聪就收到来自世界各地的许多教授开的药方。吃了药,咪咪的病很快就好转了。

欢欢、奇奇、聪聪都乐得一蹦三尺高,猛然间,欢欢大叫起来:"我找到快乐了!"原来,在别人快乐的时候,自己就能得到快乐。

快乐是具体的,它是你帮助别人之后的满足,它是你为别人付出之后的自豪。在别人困难的时候帮助别人就会获得快乐,而这份快乐不单单是属于我们的,也是属于被我们帮助的人的。其实,看到别人快乐,自己也在享受快乐。

小和尚磨豆子

一位真正懂得从生活经验中找到人生乐趣的人,才不会觉得自己的日子充满压力及忧虑。

从前,山中有座庙,庙里没有石磨,因此,庙里每天都要派和尚挑豆子到山下农庄去磨。

一天,有个小和尚被派去磨豆子。在离开前,厨房的大和尚交给他满满的一担豆子,并严厉警告:"你千万要小心,庙里最近收入很不理想,路上绝对不可以把豆浆撒出来。"

小和尚答应后就下山去磨豆子了。在回庙的山路上,他一想到大和尚凶恶的表情及严厉的告诫,愈想愈觉得紧张。小和尚小心翼翼地挑着装满豆浆的大桶，一步一步地走在山路上，生怕有什么闪失。

不幸的是，就在快到厨房的转弯处时，前面走来一位冒冒失失的施主，撞得前面那只桶的豆浆倒掉了一大半。小和尚非常害怕，紧张得直冒冷汗。

大和尚看到小和尚挑回的豆浆时，当然非常生气，指着小和尚大骂："你这个笨蛋！我不是说要小心吗？浪费了这么多豆浆，去喝西北风啊！"

一位老和尚听闻，安抚好大和尚的情绪，并私下对小和尚说："明天你再下山去，观察一下沿途的人和事，回来给我写个报告，顺便挑担豆子下去磨吧。"

小和尚推却，说自己只是磨豆子都做不好，哪可能既要担豆浆，又要看风景，回来后还要作报告。

在老和尚的一再坚持下，第二天，他只好勉强上路了。在回来的路上，小和尚发现其实山路旁的风景真的很美，远方看得到雄伟的山峰，又有农夫在梯田上耕种。走不久，又看到一群小孩子在路边的空地上玩得很开心，而且还有两位老先生在下棋。这样一边走一边看风景，不知不觉就回到庙里了。当小和尚把豆浆交给大和尚时，发现两只桶都装得满满的，一点儿都没有溢出。

其实，与其天天在乎自己的功名和利益，不如每天在上学、工作或生活的努力中，享受每一个过程的快乐，并从中学习成长。

一位真正懂得从生活经验中找到人生乐趣的人，才不会觉得自己的日子充满压力及忧虑。

（宋玉莲）

生活悟语

我们不住地往自己肩上加重，到达一定负荷时，就会把自己压得透不过气。这样做人实在太累了。越是给自己压力，事情越是办不好。适当为自己减压，从生活中去寻找乐趣，在放松的状态下，做事情反而更能收到事半功倍的效果。

用幽默塑造智慧

> 无论什么时候，面对别人的冷嘲热讽和威胁，不必为之生气，无须急于辩驳，更不要做愚蠢的反抗，始终保持镇定的微笑，要用智慧来化解烦恼。

　　罗斯福在当选美国总统之前，家里被窃，朋友写信安慰他。罗斯福回信说："谢谢你的来信，我现在心中很平静，因为：第一，窃贼只偷走了我的财物，并没有伤害我的生命。第二，窃贼只偷走一部分东西，而非全部。第三，最值得庆幸的是：做贼的是他，而不是我。"

　　美国前总统里根，在任初期，有一次被枪击中，子弹穿入了胸部，情况危急。在生死攸关的时刻，里根面对赶来探视的太太说的第一句话竟是："亲爱的，我忘记躲开了。"美国民众得知总统在身受重伤时仍能保持幽默本色，康复应该指日可待。他的幽默稳定了因受伤而可能产生的动荡局势。

　　美国总统威尔逊，在一次演讲中，在刚刚进行到一半时，台下突然有个捣蛋分子高声打断了他："狗屎！垃圾！"威尔逊虽然受到了干扰，但他急中生智，不慌不忙地说："这位先生，请少安毋躁，我马上就会讲到你所提出的关于环保的问题。"全场人不禁为他的机智反应鼓掌喝彩。

　　一次，英国首相丘吉尔在公开场合演讲，从台下递上一张纸条，上面只写了两个字"笨蛋"。丘吉尔知道台下有反对他的人等着看他出丑，便神色从容地对大家说："刚才我收到一封信，可惜写信人只记得署名，忘了写内容。"丘吉尔不但没有受到不快情绪的控制，反而用幽默将了对方一军，实在是高！

有一次，萧伯纳在街上行走，被一个冒失鬼骑车撞倒在地，幸好没有大碍。肇事者急忙扶起他，连说抱歉，萧伯纳拍拍屁股诙谐地说："你的运气真不好，先生，如果你把我撞死了，就可以名扬四海了。"

天才幽默大师卓别林曾被歹徒用枪指着头打劫。卓别林知道自己处于劣势，所以不做无谓抵抗，乖乖奉上钱包。但是，他对劫匪说："这些钱不是我的，是我老板的，现在这些钱被你拿走了，老板一定认为我私吞公款。兄弟，我想和你商量一下，拜托你在我帽子上开两枪，证明我被打劫了。"歹徒心想，有了这笔钱，这个小小的要求当然可以满足了，于是便对着帽子开了两枪。卓别林再次恳求："兄弟，可否在我衣服和裤子上再各补一枪，让我老板更深信不疑。"头脑简单、被钱冲昏头的劫匪统统照做。6发子弹全部打光了，这时，卓别林一拳挥去，打昏了劫匪，取回钱包喜笑颜开地离去了。

生活悟语

　　无论什么时候，面对别人的冷嘲热讽和威胁，不必为之生气，无须急于辩驳，更不要做愚蠢的反抗，始终保持镇定的微笑，要用智慧来化解烦恼，让他知道我们没有因为他们而影响我们的快乐，这是进行还击的最有效方法。

第二辑　快乐是生命开出的一朵花

快乐是生命开出的一朵花

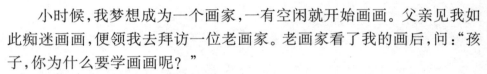

我从那小女孩身上，从我父亲身上，读懂了这句诗的美和内涵：飞翔的目的不是为了留下痕迹，而是在飞翔中尽情地享受自由和快乐。

一

小时候，我梦想成为一个画家，一有空闲就开始画画。父亲见我如此痴迷画画，便领我去拜访一位老画家。老画家看了我的画后，问："孩子，你为什么要学画画呢？"

"我想成为一个画家。"我说。

"但不是每一个学画画的人最后都能成为画家。"老画家提醒我说，"孩子，你画画时觉得快乐吗？"

"快乐。"我回答说。

"有快乐就够了！"

老画家还告诉我，世界上有两种花，一种花能结果，一种花不能结果。而不能结果的花却更加美丽，比如玫瑰，又比如郁金香，它们从不因为不能结果而放弃绽放自身的快乐和美丽。人也像花一样，有一种人能结果，成就一番事业；而有一种人不能结果，一生没有什么建树，只是一个普通人而已。但普通人只要心中有快乐，脸上有欢笑，照样可以像玫瑰和郁金香那样，得到人们的欣赏和喜爱。临走时，老画家拍拍我的肩膀，鼓励我说："孩子，去做一个快乐的人吧，因为有快乐人生就有幸福,有快乐生活就充满阳光。"

现在,我仍然保持画画的习惯,但目的再也不是为了成为一个画家,而是在画画的过程中去领略和享受人生的快乐。就像老画家说的那样,有快乐就够了,有快乐人生就有幸福,有快乐生活就充洞阳光。

二

春天,我见一女孩站在阳台上,她手持一根木棍,木棍的一端系着一根漂亮的红丝线,红丝线在窗外轻盈地飘着。我问小女孩在干什么,小女孩说,她在钓蝴蝶。我问,没有钩怎么能钓着蝴蝶呢?小女孩说,她不是在钓蝴蝶的身子,而是在享受钓蝴蝶的快乐。

小女孩的话,让我想起父亲。父亲爱好钓鱼,每天一大早出门,傍晚时候才回来。一次,我见他拎回的鱼篓空空的,一条鱼也没有,可父亲仍是一路欢歌。我不解地问父亲:"你都等了一天,也没有等来一条上钩的鱼,怎么还这么快乐?"父亲回答:"鱼不咬我的钩那是它的事,我却钓上来了一天的快乐!"

原来,对真正的钓者而言,最好的那条鱼便是快乐。

"天空不留下鸟的痕迹,但我已飞过。"这句诗我很早就读过,那时,我只感到这诗很美,但不知道美在哪里。现在,我从那小女孩身上,从我父亲身上,读懂了这句诗的美和内涵:飞翔的目的不是为了留下痕迹,而是在飞翔中尽情地享受自由和快乐。

同样,生活也不会留下我们曾经快乐的痕迹,但只要我们快乐过,这就足够了,因为对于人生来说,最好的那条鱼,是快乐!

三

最近,读到一份介绍冰岛的资料:冰岛位于寒冷的北大西洋,约13%的土地为冰雪覆盖,也是世界上活火山最多的国家之一,堪称"水深火热"! 冬天更是漫漫长夜,每天有 20 小时是黑夜,可谓"暗无天日"! 可是,冰岛的死亡率位于世界之末,人均寿命居世界之首。

生活在如此恶劣环境下的冰岛人,为什么死亡率位于世界之末而人均寿命居于世界之首呢?

带着这个疑问,美国一个名叫盖洛普的民意测验组织,对世界18个国家的居民做了一次抽样调查。结果表明,冰岛的居民是世界上最快乐的人,参加测试的27万冰岛人,82%的人都表示满意自己的生活。

原来,冰岛人长寿的秘诀是快乐。快乐是最好的药,快乐是生命开出的一朵花,它不仅能延缓我们生理机能的衰老,而且还可以让我们通过快乐这扇心窗,在逆境中,依然看到世界的美丽和阳光。

(黄小平)

生活悟语

真正健康的人,应该是一个内心快乐的人。保持心境的开朗,哪管世界变得怎么样,我们依然过我们轻松而自在的生活。尽情感受过程中的快乐,让我们不再为得不到而耿耿于怀,即使结果一无所有,也要让我们的精神享受多于物质的收获。

制 造 快 乐

我们每一个人都有承受工作和学习压力的时候,这时候让心情放飞的最好办法是给别人制造快乐;如果你能够给别人带去快乐,那么他们也会给你带来快乐的!

故事开始于一次心血来潮之举。许多年前,我在一家公司上班。我上班的办公室有一面落地大窗户面对着繁华的大街。有一天工间休息的时候，我站在窗户前，一位坐在一辆敞篷车里的女人正仰着头朝上面看，我们刚好四目相对。我很自然地招了招手。我发现车子开远了，她还回头朝我看，显然是试图辨认出我到底是谁。我乐得哈哈大笑。从此，我就开始了为期一年的窗前滑稽表演。

每到工间休息的时候，我就会站在窗户前朝大街上的行人招手。这些行人的反应各式各样，逗得我忍俊不禁，工作的压力也随之一扫而光。同事们对我的举动也有了兴趣。他们会躲在一边悄悄地观察，津津乐道于街上行人的反应。

过了不长时间，我的行为就引起了一些每天在这个时间经过的行人的注意。他们走到这里，都会抬头看一看。有一个开卡车的司机经过这里时总会将前灯亮两下回应我的招手。有一辆班车在这个时间总是坐着同样一群人，他们成了我的忠实"粉丝"。

后来，我感到招手已经不新鲜了，于是我又换了新节目。我写了一些标语："你好"、"好心情"、"祝你快乐"等等，贴在窗户上，同时站在窗前向行人招手。我还设计了一些滑稽的造型，有时戴着纸做的帽子，有时扮着鬼脸，有时手舞足蹈。

圣诞节快来了，我的一些同事开始沮丧起来，因为圣诞旺季一过，公司就要裁员了。办公室里弥漫着悲凉的气氛，让人透不过气来。

晚上回到家，一张废弃的纸箱壳引起了我的注意。我压它做成圣诞老人的帽子，又用旧挂历纸剪成纸条做成大胡子和帽檐装饰。第二天，我悄悄地将这副行头带进办公室。工间休息的时候，我勇敢地用这副行头将自己装扮起来，然后捧着肚子，模仿圣诞老人的笑声。同事们乐得前仰后合，笑得喘不过气来。这是他们几周来头一次这么快乐。

后来，老板从门口经过，听到笑声，就走了进来，看到我的样子，他摇了摇头，转身离开。我担心有麻烦了。果然，过了一会儿，他打来电话，叫我到他的办公室去一趟。

我惴惴不安地走进老板的办公室。"迈克尔……"老板严肃地说，然后停了停，接着他紧绷的脸忽然一下子松开，只听得椅子笑得咯吱咯吱响，桌子笑得直跺脚。过了好一会儿，老板才控制住自己，说："迈克尔,谢谢你!眼看就要裁员了,要让大家在这个圣诞节开开心心非常不容易。谢谢你给大家带来了笑声。我需要这样的笑声!"

整个圣诞节期间的每一天的工间休息时间,我都骄傲地站在窗前,向我的粉丝们招手致意。乘班车的人朝我欢呼,来往的孩子向我喊叫。他们很快乐,我也很快乐。我的同事们暂时忘掉了即将裁员的不愉快,与我一道享受好心情。不过,这种快乐带来的人与人之间的友善和关怀,我是在圣诞节过后的春季才得到了更加深刻的感受。

那年春天,我的妻子将要分娩了。我想让全世界都知道这个幸福的时刻。预产期前不到一个月的时候,我写了一幅标语贴在窗上:"离我的……还有 25 天!"我的粉丝们经过窗前时都会迷茫地耸耸肩。第二天标语变成了"离我的……还有 24 天!"每一天数字都会变小,经过窗前的人也变得更加困惑。

一天,一辆班车的窗户上出现了一幅标语,上面写道:"离你的什么?"我只是笑着朝他们招招手。

后来有一天,我在窗户上写着这样的标语:"离我的宝……还有 10天!"大家还是不解。第二天标语变成了:"离我的宝贝……还有 9 天!"再接着成了:"离我的宝贝诞生还有 8 天!"这下,我的粉丝们都知道我要做父亲了。

我看到越来越多的人都在关心我妻子分娩的情况,随着天数的减少,他们也似乎变得越来越激动。当数字应该为"0"的时候,他们没有看到我宣布孩子的诞生,便明显地表现出失望来。

第二天,我的标语写道:"宝贝的诞生推迟一天。"数字每变化一次,路人的关心也随之增加一分。

我的妻子在预产期后第 14 天清晨生下了女儿。我忙完了一些照应母女的事情之后,想到了我的粉丝们,当天的那个固定时刻,我出现在办公室的窗户前。然而,我发现我的同事们已经将一面旗帜贴在窗户上,旗面上写着:"是一个女儿!"

我看到行人们驻足冲我的方向鼓掌,司机们在堵车或等待亮绿灯时向我招手,乘客们朝我做起各种表示胜利的手势。一种幸福感从我心底油然而生。接着,一件事情发生了。一辆班车忽然亮出了一幅标语,上面写道:"祝贺宝贝诞生!"班车开走了,我的眼泪却在流淌。我知道,由于我的女儿晚出生了 14 天,他们就有可能不厌其烦地将这幅标语随班车带在身边 14 天。

我们每一个人都有承受工作和学习压力的时候,这时候让心情放飞的最好办法是给别人制造快乐;因为自己的快乐是有限的,但众人的快乐却是无止境的。如果你能够给别人带去快乐,那么他们也会给你带来快乐的! 一年来,我的粉丝们显然是欢迎我给他们带去的快乐的,因为他们在我女儿出生的那天送给了我一份特别的礼物。

([美]迈克尔·史密斯 邓笛/编译)

生活悟语

生活、学习为我们带来太大的压力,使我们长期处在压抑的状态下,似乎忘记了笑是如何的一个表情。生活的脚步匆匆,停一停,欣赏生活带给我们的每一个精彩瞬间吧!即使短暂,也能够使我们紧皱的眉头得到舒展,使绷紧的神经得到松弛。

心中的球洞

心灵的空间无限大,在那里,我们可以任意翱翔,自由飞舞。做到心中有物,一切尽在心中,那就没有什么可以阻止我们快乐。

詹姆斯·纳斯美瑟少校梦想着自己的高尔夫球技突飞猛进——他

也发明了一种独特的方法以达到目标。在此之前，他打得和一般在周末才练上几杆的人差不多，水平在中下游之间，90杆左右；而他也有7年时间没碰过球杆、没踏上过球场了。

无疑，这7年间纳斯美瑟少校一定用了令人惊叹的先进技术来增进他的球技——这个技术人人都可以效法。事实上，在他复出后第一次踏上高尔夫球场，他就打出了叫人惊讶的74杆！虽然比自己以前打的平均杆数还低20杆，但他已7年未上场！真是难以置信。不仅如此，他的身体状况也比7年前好。

纳斯美瑟少校的秘密何在？

纳斯美瑟少校这7年是在德国战俘营中度过的。7年间，他被关在一个只有4尺半高、5尺长的笼子里。

绝大部分的时间他都被囚禁着，看不到任何人，没有人和他说话，也没有任何体能活动，前几个月他什么也没做，只祈求着赶快脱身。后来他了解他必须找到某种方式，使之占据心灵，不然他会发疯或死掉，于是他学习建立"心像"。

在他的心中，他选择了他最喜欢的高尔夫球，并开始打起高尔夫球。每天，他在梦想中的高尔夫乡村俱乐部打18洞。他体验了一切，包括细节。他看见自己穿了高尔夫球装，闻到绿树的芬芳和草的香。他体验了不同的天气和状况——有风的春天、昏暗的冬天和阳光普照的夏日早晨。在他的想象中，球台、草、树、鸣叫的鸟、跳来跳去的松鼠、球场的地形都历历在目了。

他感觉自己的手握着球杆，练习各种推杆与挥杆的技巧。他看到球落在修整过的草坪上，跳了几下，滚到他已选择的特定点上，一切都在他心中发生。

在真正的世界中，他无处可去。所以在他心中他步步向着小白球走，好像他的身体真的在打高尔夫球一样。在他心中打完18洞的时间和现实中一样。一个细节也不能省略。他一次也没有错过挥杆左曲球、右曲球和推杆的机会。

一周7天，一天4个小时，18个洞，7年，少了20杆，他打出74杆的成绩。

　　无论在怎样的环境下,只要我们的心不受束缚,没有事情是我们无法做到的。心灵的空间无限大,在那里,我们可以任意翱翔,自由飞舞。做到心中有物,一切尽在心中,那就没有什么可以阻止我们快乐。

迎接第一缕阳光

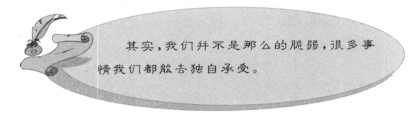

　　其实,我们并不是那么的脆弱,很多事情我们都能去独自承受。

　　在一棵高大茂密的松树下,有一朵看似弱不禁风的小花。

　　风来了,有松树的壮硕的枝干挡着;雨来了,有松树茂密的枝叶遮着;火辣辣的烈日骄阳烤不到她,令人惊心动魄的闪电也伤不到她。小花十分庆幸有大松树充当她的保护伞,为她挡风遮雨,使她得以每天高枕无忧。

　　突然有一天,来了一群伐木工人,他们用电锯、绳子,两三个小时的工夫,就把松树整个锯了下来。

　　小花看着光秃秃的树桩,又伤心又恐惧,号啕大哭道:"天哪!我失去了所有的保护,那些嚣张的狂风会把我吹倒,滂沱的大雨会把我打倒,烈日和闪电也会随时来伤害我。我该怎么办呢?"

　　远处的另一棵树听到小花的哭诉,安慰她道:"你不要这么想,在我看来刚好相反,没有大树的阻挡,第一缕阳光会照耀你,第一滴甘霖会滋润你;你四周将环绕着充足的空气。可以肯定,你弱小的身躯将长得更加茁壮,你盛开的花瓣将一一呈现在灿烂的阳光下。人们来到这里,一眼就会看见你,并且赞美你说,这朵可爱的小花开得真美丽啊!"

失去依靠并不可怕,最可怕的是自己不肯变得坚强。其实,我们并不是那么的脆弱,很多事情我们都能去独自承受。学着去长大是一件多么快乐的事情,经历风雨的洗礼之后,我们可以站得更高、更稳,所以我们没有理由不去接受一切成长的锻炼。

没有一样的旅途

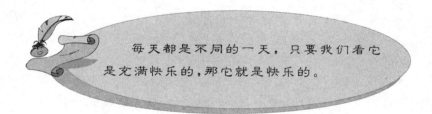

每天都是不同的一天,只要我们看它是充满快乐的,那它就是快乐的。

坐在去往考艾岛机场的汽车上,本尼特暗暗地笑了笑。汽车到总站的路途很短,往返一圈也就15公里。

本尼特把包放在行李架上,找个座位坐下来,冲司机点了点头。司机关了车门,然后慢慢地加大油门,开动了车子。本尼特开玩笑地说:"我敢打赌,每天一成不变地在这同一条路上兜圈子,你肯定烦透了。"

那位老兄轻轻地转过头来,礼貌地笑了笑,回答道:"我从不重复同一旅程。"

本尼特奇怪地"噢"了一声,然后问对方这是为什么?

"我在汽车上总是遇到各种有趣的人,"他补充说,"我喜欢和他们交谈,了解他们从哪里来。他们总是讲些关于自己旅程的有趣故事。我喜欢这项工作。"

这位司机给我们上了生动的一课。他满脸带着喜悦，他的工作经常是单调乏味的，但是他却把它转变成为一项他永远赢的游戏。

日子总是重复而单调的，不去注意身边新变化的话，只能每天机械地重复昨天的脚步，人生也就没有一点儿乐趣可言。从乏味中寻找新鲜和刺激，那么每天都是新的一天，每天都是不同的一天，只要我们看它是充满快乐的，那它就是快乐的。

不生气的人是聪明人

不生气不仅是一种风度，还是一种精神力量。我们要真正地改变自己，让不生气变成自己的一种生活习惯。

乔治·罗纳住在瑞典的艾普苏那。他在维也纳当了很多年律师，但是在第二次世界大战期间，他逃到瑞典，一文不名，需要找份工作。因为他能说并能写好几国的语言，所以希望在一家进出口公司找一份秘书的工作。绝大多数公司都回信告诉他，因为正在打仗，他们不需要用这一类的人，但他们会把他的名字存在档案里……不过有一个人在写给乔治·罗纳的信上说："你对我生意的了解完全错误。你既蠢又笨，我根本不需要任何替我写信的秘书。即使我需要，也不会请你·因为你甚至连瑞典文也写不好，信里全是错字。"

当乔治·罗纳看到这封信的时候，简直气得发疯。那个瑞典人写信说他不懂瑞典文是什么意思？那个瑞典人自己的信上就错误百出。

乔治·罗纳当时就写了一封信，目的是对那个人大发脾气。后来，他停下来对自己说："等一等，我怎么知道他说的是不是对的？我修过瑞典文，可是这并不是我的母语，也许我确实犯了很多我并不知道的错误。如果是那样的话，那么我想要得到一份工作，就必须继续努力学习。这个人可能帮了我一个大忙，虽然他本意并非如此。他用这么难听的话来表达他的意见，并不表示我就不亏欠他，所以应该写封信给他，在信上感谢他一番。"乔治·罗纳撕掉了他刚刚写过的那封骂人的信。

乔治·罗纳另外写了一封信说："你这样不嫌麻烦地写信给我实在是太好了。对于我把贵公司的业务弄错的事我觉得非常抱歉，我之所以写信给你，是因为我向别人打听，而别人把你介绍给我，说你是这一行的领导人物。我并不知道我的信上有很多语法上的错误，我觉得很惭愧，也很难过。我现在打算更努力地去学习瑞典文，以改正我的错误，谢谢你帮助我走上改进之路。"

没过几天，乔治·罗纳就收到那个人的信，请罗纳去找他。罗纳去了，而且得到了一份工作，乔治·罗纳由此发现"温和的回答能消除怒气"。

有句古话说："不能生气的人是笨蛋，而不去生气的人才是聪明人。"伟大的德国哲学家，"悲观论"的提出者叔本华认为生命就是一种毫无价值而又痛苦的冒险，当他走过的时候好像全身都散发着痛苦，可是在他绝望的深处，叔本华叫道："如果可能的话，不应该对任何人有怨恨的心理。"

不生气不仅是一种风度，还是一种精神力量，我们要真正地改变自己，让不生气变成自己的一种生活习惯。

生别人的气，不但没有为我们带来好处，而且还令自己处于不愉快的情绪之中。对别人动怒，也就是跟自己过不去。没必要自寻这样的烦恼，要懂得用笑容去面对别人的呵斥甚至是唾骂，那既让别人没有再反击的机会，也让自己一直保持愉快的心情。

99　一族

他竭力去追求那个并无实质意义的"1"，不惜付出失去快乐的代价，这就是99一族。

　　有位国王，天下尽在手中，照理，应该满足了吧，但事实并非如此。

　　国王自己也纳闷儿，为什么对自己的生活还不满意，尽管他也有意识地参加一些有意思的晚宴和聚会，但都无济于事，总觉得缺点儿什么。

　　一天，国王起个大早，决定在王宫中四处转转。当国王走到御膳房时，他听到有人在快乐地哼着小曲。循着声音，国王看到一个厨子在唱歌，脸上洋溢着幸福和快乐。

　　国王甚是奇怪，他问厨子为什么如此快乐。厨子答道："陛下，我虽然只不过是个厨子，但我一直尽我所能让我的妻小快乐，我们所需不多，头顶有间草屋，肚里不缺暖食，便够了。我的妻子和孩子是我的精神支柱，而我带回家哪怕一件小东西都能让他们满足。我之所以天天如此快乐，是因为我的家人天天都快乐。"

　　听到这里，国王让厨子先退下，然后向宰相询问此事。宰相答道："陛下，我相信这个厨子还没有成为99一族。"

　　国王诧异地问道："99一族？什么是99一族？"

　　宰相答道："陛下，想确切地知道什么是99一族，请您先做这样一件事情。在一个包里，放进去99枚金币，然后把这个包放在那个厨子的家门口，您很快就会明白什么是99一族了。"

　　国王按照宰相所言，令人将装了99枚金币的布包放在了那个快

乐的厨子门前。

厨子回家的时候发现了门前的布包，好奇心让他将包拿到房间里。当他打开包，先是惊诧，然后狂喜：金币！全是金币！这么多的金币！厨子将包里的金币全部倒在桌上，开始清点金币，99枚？厨子认为不应该是这个数，于是他数了一遍又一遍，的确是99枚。他开始纳闷儿：没理由只有99枚啊，没有人会只装99枚啊，那么那一枚金币哪里去了？厨子开始寻找，他找遍了整个房间，又找遍了整个院子，直到筋疲力尽，他才彻底绝望了，心情沮丧到了极点。

他决定从明天起，加倍努力工作，早日挣回一枚金币，以使他的财富达到100枚金币。

由于晚上找金币太辛苦，第二天早上他起来得有点儿晚，情绪也极坏，对妻子和孩子大吼大叫，责怪他们没有及时叫醒他，影响了他早日挣到一枚金币这一宏伟目标的实现。他匆匆来到御膳房，不再像往日那样兴高采烈，既不哼小曲也不吹口哨了，只是埋头拼命地干活，一点儿也没有注意到国王正悄悄地观察着他。

看到厨子心绪变化如此巨大，国王大为不解，得到那么多的金币应该欣喜若狂才对啊。他再次询问宰相。

宰相答道："陛下，这个厨子现在已经正式加入99一族了。99一族是这样一类人：他们拥有很多，但从来不会满足。他们拼命工作，为了额外的那个'1'，他们苦苦努力，渴望尽早实现'100'。原本生活中那么多值得高兴和满足的事情，因为忽然出现了凑足100的可能性，一切都被打破了。他竭力去追求那个并无实质意义的'1'，不惜付出失去快乐的代价，这就是99一族。"

（尹玉生/编译）

生活悟语

人在拥有不多的时候，反而懂得知足和珍惜。而一旦欲望在心里树立了目标，很多人就会变得贪婪和不满足，陷入盲目的贪欲漩涡。保持一种知足常乐的心态，无论什么时候，都不要受世俗的浸染，不被金钱所蒙蔽，要让我们的品质永远是那么纯洁。

感恩让生命富有

俗语说："滴水之恩，当涌泉相报。"感恩是一种生活态度，是一种善于发现生活中的感动并能享受这一感动的思想境界。感恩父母，感恩家人，感恩朋友，感恩生活……包括感恩逆境和敌人。

如果我们时时能用感恩的心来看这个世间，则会觉得这个世间很可爱、很富有！让我们拥有一颗感恩的心吧，有了它，我们会在寒冬里感受到暖意，在风雨中体会到幸福。

没有一种给予是理所应当的

没有一种给予是理所应当的，没有什么是必须和应该的；所以，没有一种领受是可以无动于衷、心安理得的，都应心存感激。

　　老人是菲律宾华侨，在海外奋斗半生。几经浮沉，衣锦还乡的他萌生了济世助人、造福桑梓的念头。

　　于是，老人分别给家乡几所学校的校长写了信，希望每个校长能提供十来个学生的名单，以便他从中确定人选，作为资助的对象。

　　家人嗔怪他的愚昧，既是捐赠，何必把程序搞得这样复杂？不如来个快捷方式，譬如通过"希望工程"或者"春蕾计划"，干净利落地了却一桩心愿，岂不是更好？

　　老人摇摇头说："我的血汗钱只给那些配得到它的孩子。"哪些孩子才有资格得到资助？是那些家庭贫困的孩子还是优秀生，抑或是特长生？谁也不知道老人心里的答案。

　　名单很快就到了老人手里。老人让家人买来了许多书，有《泰戈尔诗集》、《纪伯伦诗集》、《十万个为什么》等，分门别类地包装好，准备寄给名单上的孩子。家人面面相觑：这样微薄的礼物是不是太寒碜了？大家断定书中自有"黄金屋"，可翻来覆去也没有找到夹在书中的纸钞。只在书的第一页看到了老人的亲笔赠言：赠给品学兼优的学生×××。落款处是老人的住址、姓名、电话和电子信箱。

家人大惑不解,却也不愿忤逆老人的意愿,只好替他一一寄出那些书。

光阴荏苒,老人常常对着电话发呆,又莫名其妙地唉声叹气。从黄叶凋零到瑞雪飘飞,谁也猜不透老人所为何事。

家人读懂老人的心,缘于新年前收到的一张很普通的贺卡,上面写着:感谢您给我寄来的书,虽然我不认识您,但我会记着您。祝您新年快乐!没想到老人竟然兴奋得大呼小叫:"有回音了,有回音了,终于找到一个可资助的孩子。"

家人恍然大悟,终于明白老人这些日子郁郁寡欢的原因,他寄出去的书原来是块"试金石",只有心存感激的人才会有资格得到他的资助。

老人说:"土地失去水分滋润会变成沙漠,人心没有感激滋养会变得荒芜。不知感恩的人,注定是个冷漠自私的人;不知关爱别人,纵使给他阳光,日后也不会放射出自身的温暖,也不配得到别人的爱。"

想来也是,没有一种给予是理所应当的,没有什么是必须和应该的;所以,没有一种领受是可以无动于衷、心安理得的,都应心存感激。一朵花会为一滴雨露鲜艳妖媚,一株草会因一缕春风摇曳多姿,一湖水也会因一片落叶荡漾清波;一颗心更应对另一颗关爱的心充满感激之情。

(兰质慧心)

生活悟语

没有谁就应该给予我们恩赐,我们更没理由和权利去向他人索取。虽说施恩不图报,但这恩情受赐者却不应该忘记。其实,只需报以帮助过我们的人一句感激的话,他们就可以收获和我们一样的快乐与激动。

一朵玫瑰花

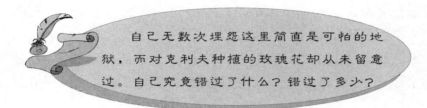

自己无数次埋怨这里简直是可怕的地狱，而对克利夫种植的玫瑰花却从未留意过。自己究竟错过了什么？错过了多少？

　　在这个平凡的小镇上，有一道美丽的玫瑰花墙——它足有半人多高，每到春天便开满了美丽的玫瑰花，它是这家的男主人克利夫先生生前种植的。可是，克利夫太太的脾气却是出了名的不好，她常常和克利夫先生为了一些琐事争吵。克利夫先生去世后，她的脾气更坏了，而且经常自己生闷气，因此镇上的人都尽量避免招惹她。

　　一个阳光明媚的午后，克利夫太太正坐在院子里小憩，玫瑰花墙上缀满了美丽的玫瑰花。突然，她被一阵窸窸窣窣的响声惊醒，睁眼一看，玫瑰花墙外有一个人影闪过。克利夫太太厉声喝道："是谁？站住！"那人站住了——是个孩子。克利夫太太又喝道："过来！"那孩子慢慢挪了出来。克利夫太太认出他是7岁的小吉米，住在街对面拐角处的穷孩子，他的身后似乎藏着什么东西。

　　"那是什么？"克利夫太太厉声问道。小男孩犹犹豫豫地把身后的东西拿了出来——一朵玫瑰花，一朵已经快要凋谢的玫瑰花，那耷拉着的花瓣显示出它的虚弱。

　　"你是来偷花的吗？"克利夫太太严厉地问道。小男孩低着头，局促不安地搓弄着衣角，一言不发。

　　克利夫太太有些不耐烦了，她挥挥手说："你走吧！"这时，小男孩抬起头来，怯生生地问道："请问，我可以把它带走吗？""就是那朵快要凋谢的玫瑰花,似乎轻轻一碰,花瓣就会落了的玫瑰花?"克利夫太太有些奇怪。

"那你先告诉我你要它干什么? 送人?"

"是……是的,夫人。"

"女孩子?"

"……"

"你不应该送给她这样一朵玫瑰花。"克利夫太太的语气温和了些,"告诉我,你把它送给谁?"

吉米迟疑了一会儿,用手指了指不远处的一个小阁楼,那是他的家。克利夫太太这才想起他有一个5岁的小妹妹,一生下来就有病,一直躺在床上。

"你妹妹?"

"是的,夫人。"

"为什么?"

"因……因为妹妹能从床边的窗户看到这道玫瑰花墙, 她每天都出神地看着这里。有一天,她说:'那里就是天堂吧,真想去那里闻闻天堂的气味啊!'"

克利夫太太怔住了——天堂? 这里——低矮的木屋? 从前,自己整天与克利夫为了一些琐事争吵,不停地抱怨这低矮的木屋、破旧的家具、难看的瓷器……一切的一切,自己无数次埋怨这里简直是可怕的地狱,而对克利夫种植的玫瑰花却从未留意过。自己究竟错过了什么? 错过了多少?

天堂,原来可以如此接近!

(谢沁珏)

生活悟语

　　我们有太多的抱怨, 那是我们一直没有用心关注我们周围的一切,其实这一切都是那么的美好。很多时候,等到所有的都不复存在了,我们才知道,原来我们早就已经拥有,我们本就应该珍惜。生活,要懂得感激,才能知足,才能不错失生命中最宝贵的东西。

滴 水 之 恩

美金中间，还夹着一张纸条：师傅，这是爱的利息，请您务必收下。本金无价，永远都会存在我心里。

特殊的乘客

朱师傅5点半交车，看看表已经5点一刻，便把"暂停载客"的牌子竖了起来。正是周末，40中门口涌出大批的寄宿生。朱师傅忍不住习惯性地把车停了下来，盯着来来往往的学生。他们一律穿着朴素的校服，脸上的笑容格外灿烂。

"师傅，我，我想坐您的车。"一个跛足女孩背着书包走了过来，看看左右，急急地说。

朱师傅说得交车了，他只是停下来歇一会儿。女孩低下头，过了几秒钟，她又恳切地说："谢谢您了，师傅。我只坐一站地，就一站地。"

那一声"谢谢"让朱师傅动了心。他看看女孩身上洗得发白的校服，一个旧得不能再旧的书包，忍不住叹了口气，说："上车吧。"

女孩高兴地上了车。到了转弯处，她突然嗫嚅着说："师傅，我只有3元钱，所以，半站地也可以。"

朱师傅从后视镜里看到女孩通红的脸，没说话。这个城市的出租车，起步价可是5元啊。

开到最近的公交站台,朱师傅把车停了下来。女孩在关上车门时高兴地说:"真是谢谢您了,师傅!"

朱师傅看着她一瘸一拐地往前走,突然有些心酸。

也就是从那个周末起,朱师傅每个周末都看到女孩等在学校门口。几辆出租车过去,女孩看都不看,只是跷着脚等。女孩在等自己?朱师傅猜测着,心里突然暖暖的。他把车开了过去,女孩远远地朝他招手。朱师傅诧异,他的红色桑塔纳与别人的并无不同,女孩怎么一眼就能认出来?

还是3块钱,还是一站地。朱师傅没有问她为什么专门等自己的车,也没有问为什么只坐一站地。女孩心里都有自己的小秘密.朱师傅很清楚这一点。

最后一次乘车

一次,两次,三次,渐渐地,朱师傅养成了习惯。周末交车前拉的最后一个人,一定是40中的跛脚女孩。他竖起"暂停载客"的牌子,专心等在校门口。女孩不过十四五岁吧,见到他,像只小鹿般跳过来,大声地和同学道"再见"。不过5分钟的路,女孩下车,最后一句总是:"谢谢您,师傅。"

似乎专为等这句话,周末无论跑出多远,朱师傅也要开车过来。有时候哪怕误了交车被罚钱,他也一定要拉女孩一程。

时间过得很快,这情形持续了一年,转眼到了第二年的夏天。看着女孩拎着沉重的书包上车,朱师傅突然感到失落,他知道,女孩快要初中毕业了。她会去哪儿读高中?

"师傅,谢谢您了。这可能是我最后一次坐您的车,给您添麻烦了。我考上了辛集一中,可能半年才会回一次家。"女孩说。朱师傅从后视镜中看了一眼女孩,心里很不是滋味儿。女孩果然很优秀,辛集一中是省重点,考进去了就等于是半只脚跨进了大学校门。

"那我就送你回家吧。"朱师傅说。

女孩摇摇头,说自己只有3块钱。

"这次不收钱。"朱师傅说着看看表,送女孩回家一定会错过交车时间,可罚点儿钱又有什么关系?他想多和女孩待一会儿,再多待一会儿。女孩说出了地址,很远,还有7站地。

半小时后,朱师傅停下了车。女孩拎着书包下来,朱师傅从车里捧出一只盒子,说:"这是送你的礼物。"

女孩诧异,接过礼物,然后朝着朱师傅鞠了一躬,说:"谢谢您,师傅。"

看着女孩一瘸一拐地走进楼里,朱师傅长长叹了口气。女孩,从此就再也见不到了?他甚至不知道她的名字。

寻找 10 年前的好人

一晃过了10年。

朱师傅还在开出租车。这天,活儿不多,他正擦着车,听到交通音乐台播出一则"寻人启事",寻找10年前胜利出租车公司车牌照为"冀AZ××××"的司机。朱师傅一听,愣住了,有人在找他?10年前,他开的就是那辆车。

电话打到了电台,主持人惊喜地给了他一个电话号码,说是有个女人找他。朱师傅疑惑了,会是谁呢?每天忙于生计,除了老伴他几乎都不认识别的女人了。

拨通电话,朱师傅听到一个年轻女孩的声音。她惊喜地问:"是您吗?师傅!"朱师傅愣了一下,这声音,这语速,如此熟悉!他却一下子想不起是谁。

"谢谢您了,师傅!"女孩又说。

朱师傅一拍脑门,终于记了起来,是他载过的那个跛脚女孩。是她!朱师傅的眼睛突然模糊了,10年了,那个女孩还记着他!

两人约在一家咖啡馆见面,再见到女孩时,朱师傅几乎认不出了,眼前亭亭玉立的这个女孩,是10年前那个只有3元钱坐车的女孩?女孩站起身,朝朱师傅深深鞠了一躬,说:"我从心底感谢您,师傅。"

喝着咖啡,女孩讲起了往事。12年前,她父亲也是一名出租车司机。父亲很疼她，每逢周末，无论多忙他都会开车接她回家。春节到了，一家人回老家过年，为了多载些东西，父亲借了朋友的面包车。走到半路，天突然下起了大雪，不慎与一辆大货车相撞。面包车被撞得面目全非，父亲当场身亡。就是那次，女孩的脚受了重伤。

安葬了父亲，母亲为了赔朋友的车款，为了她的手术费，没日没夜地工作。而她，伤愈后则拼命读书，一心想快些长大。她很坚强，什么都能忍受，却唯独不能忍受别人的怜悯。

所以，她没告诉任何人路上发生的事故。放学回家，当被同学问起现在为什么坐公共汽车？她谎称父亲出远门了。谎言维持了半年多，直到有一天遇到朱师傅。她见那辆出租车停在路边，一动不动，就像父亲开车过来，等在学校门口。

她只有3块钱坐公共汽车，可她全拿出来坐出租车，只坐一站地，然后花一个半小时徒步走回家去。虽然路很远，但她走得坦然，因为没有人再猜测她失去了父亲。

"您一定不知道，您的出租车就是我父亲生前开的那辆。车牌号，一直印在我的脑海里。"

女孩说着，眼里淌出泪花："所以，远远地，只一眼，我就能认出来。"

朱师傅鼻子一酸，差点儿掉下泪来。

"这块奖牌，我一直戴在身边。我不知道，如果没有它，我会不会走到今天。还有，您退还我的车费，我一直都存着。有了这些钱，我觉得自己什么困难都能克服。虽然失去了父亲，但我依旧有一份父爱。"说着，女孩从口袋里拿出一枚奖牌，挂到了身上。那是一块边缘已经发黑的金牌，奖牌的背面，有一行小字：预祝你的人生也像这块金牌。

这块金牌，就是10年前朱师傅送给女孩的礼物。

滴水之恩，何以言报

女孩挽着朱师傅的胳膊走出咖啡馆。看到女孩开车走远，朱师傅将车停在路边，让眼泪流了个够。那个跛脚女孩，那个现在他才知道叫林美霞的女孩,她和自己10年前因癌症去世的女儿,简直是一个模子印出来的!女儿生前每个周末,朱师傅都去40中接她。女儿上车前那一句"谢谢爸爸"和下车时那一句"谢谢您,老爸"让他感受过多少甜蜜和幸福。

那块奖牌,是女儿在奥林匹克竞赛中得到的金牌,曾是他的全部骄傲和希望。可女儿突然间就走了,几乎让他猝不及防。再到周末,路过40中,他总忍不住停下车,似乎女儿还能从校门口走出来,上车,喊一声:谢谢爸爸。

就在女孩坐他车的那段时间,他觉得女儿又回到了自己身边,他的日子还有希望,他又重新找回了幸福!只是,这情形持续的时间太短,太短……

在回家的路上,朱师傅顺便买了份报纸。一展开报纸,朱师傅就看到了跛脚女孩的照片。

她对着朱师傅微笑,醒目的大标题是:林美霞——最年轻的跨国公司副总裁,S市的骄傲……朱师傅吃惊地张大嘴巴,一目十行地读下去。边读报纸,他边习惯地从口袋里掏烟。

突然,他的手触到了一个信封。拿出来看,里面装着厚厚的一沓美金。朱师傅愣住了,他想不出,林美霞何时把钱放进了自己外套口袋?就在她挽起自己胳膊的瞬间?

美金中间,还夹着一张纸条:师傅,这是爱的利息,请您务必收下。本金无价,永远都会存在我心里。谢谢您,师傅!

朱师傅的眼睛再一次模糊了。

(毛汉珍)

生活悟语

成功之时,别忘了在我们最困难的时候,曾经帮助过我们的人,这恩惠值得我们用一生去铭记。也许只是一个微小的帮助,但我们接受的可能是别人传递的一颗珍贵的爱心。滴水之恩,涌泉相报;受施于人,永远珍惜。

谁包装了你的降落伞

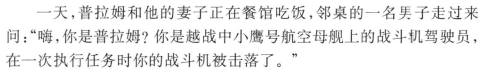

我们很少对身边的人说"你好"、"请"或"谢谢"。要知道，也许身边的某个人就是包装你的降落伞的人——掌握你命运的人。

查尔斯·普拉姆是参加过越战的一名美国飞行员。在一次作战任务中，普拉姆的飞机被一枚炮弹击中，他被抛出机舱。普拉姆打开降落伞安全降落，不幸落到越南军手中，在越南被关了 6 年。普拉姆经历了严峻的考验才得以生存下来，现在他作为一个演讲者，经常向人们讲述他在那次经历中的教训。

一天，普拉姆和他的妻子正在餐馆吃饭，邻桌的一名男子走过来问："嗨，你是普拉姆？你是越战中小鹰号航空母舰上的战斗机驾驶员，在一次执行任务时你的战斗机被击落了。"

"你怎么知道得那么清楚呢？"普拉姆惊讶地问。

"你的降落伞是我包装的，我是那艘航母上的一名普通水手。"那个男子答道。普拉姆紧紧地抓住他的手表示谢意。男子推出手，平和地说："我一直在猜测你的降落伞是否能正常运作。"普拉姆肯定地回答："当然！如果降落伞不能正常运作，我今天也不会站在这里。"

那天晚上，普拉姆一直没有睡着，他的脑海中一直在想着那名水手在一张长长的木桌前仔细地折叠降落伞，握在他手里的不知是哪个人的命运。也许他时常与那个穿着一身海军制服的水手擦肩而过，但他从来没对水手说过"早晨好"、"你好"，只因为他是飞行员而那人是一名普通的水手。

这天，普拉姆在讲演时把这次奇遇告诉听众，大家都很惊讶。普拉姆问他的听众："你们说说，谁是包装你降落伞的人呢？"一刹那间，大家都沉默了。

普拉姆继续说道："生活中，有时我们太过于注重竞争，而错过真正重要的东西。我们很少对身边的人说'你好'、'请'或'谢谢'。要知道，也许身边的某个人就是包装你的降落伞的人——掌握你命运的人。"

（李　孟/编译）

身边每一个人都可能是将来帮助我们的人，我们不是为了可以从别人身上获取什么才去尊重别人，而是时刻都要怀着感恩的心去对待身边的所有人，这样在我们真正需要他们的时候，他们就会义不容辞地向我们伸出援手。

门口的棉衣和玫瑰

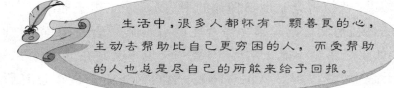

生活中，很多人都怀有一颗善良的心，主动去帮助比自己更穷困的人，而受帮助的人也总是尽自己的所能来给予回报。

在小镇最阴湿寒冷的街角，住着约翰和妻子珍妮。约翰在铁路局干一份扳道工兼维修的活儿，又苦又累；珍妮在做家务之余就去附近的花市做点儿杂活，以补贴家用。生活是清贫的，但他们是相爱的一对。

冬天的一个傍晚，小两口正在吃晚饭，突然响起了敲门声。珍妮打开门，门外站着一个冻僵了似的老头，手里提着一个菜篮。

"夫人，我今天刚搬到这里，就住在对街。您需要一些菜吗？"老人的目光落到珍妮缀着补丁的围裙上，神情有些黯然了。"要啊，"珍妮微笑着递过几个便士，"胡萝卜很新鲜呢。"老人浑浊的声音里又有了几分激动："谢谢您了。"

关上门，珍妮轻轻地对丈夫说："当年我爸爸也是这样挣钱养家的。"

第二天，小镇下了很大的雪。傍晚的时候，珍妮提着一罐热汤，踏过厚厚的积雪，敲开了对街的房门。

两家很快结成了好邻居。每天傍晚，当约翰家的木门响起卖菜老人笃笃的敲门声时，珍妮就会捧着一碗热汤从厨房里迎出来。

圣诞节快来时，珍妮与约翰商量着从开支中省出一部分来给老人置件棉衣："他穿得太单薄了，这么大的年纪每天出去挨冻，怎么受得了。"约翰点头默许了。

珍妮终于在平安夜的前一天把棉衣赶成了。铺着厚厚的棉絮，针脚密密的。平安夜那天，珍妮还特意从花店带回一枝处理玫瑰，插在放棉衣的纸袋里，趁着老人出门购菜，放到了他家门口。

两小时后，约翰家的木门响起了熟悉的笃笃声，珍妮一边说着圣诞快乐一边快乐地打开门，然而，这回老人却没有提着菜篮子。

"嗨，珍妮，"老人兴奋地微微摇晃着身子，"圣诞快乐！平时总是受你们的帮助，今天我终于可以送你们礼物了。"说着老人从身后拿出一个大纸袋，"不知哪个好心人送在我家门口的，是很不错的棉衣呢。我这把老骨头冻惯了，送给约翰穿吧，他上夜班用得着。还有，"老人略带羞涩地把一枝玫瑰递到珍妮面前，"这个给你。也是插在这纸袋里的，我淋了些水，它美得像你一样。"

娇艳的玫瑰上，一闪一闪的，是晶莹的水滴。

　　因为有了彼此的关怀和问候，即使贫穷也可以让人的心更温暖。生活中，很多人都怀有一颗善良的心，主动去帮助比自己更穷困的人；而受帮助的人也总是尽自己的所能来给予回报。他们都是懂得感恩的人，一方懂得感激生活，即使并不富有；另一方懂得用最好的去回赠别人，即使自己能得到的也是那么少。

常怀一颗感恩的心

　　常怀一颗感恩的心，就会让心灵装得更满、更多。

　　霍金博士，是一位举世闻名的科学家。他是智慧的英雄，更是生命的斗士。

　　有一次，在学术报告结束之际，一位年轻的女记者面对这位已在轮椅上生活了30余年的科学巨匠，深深敬仰之余，又不无悲悯地问："霍金先生，卢枷雷病已将你永远固定在轮椅上，你不认为命运让你失去太多了吗？"

　　这个问题显然有些突兀和尖锐，报告厅内顿时鸦雀无声，一片静谧。

　　霍金的脸庞却依然充满恬静的微笑，他用还能活动的手指，艰难地敲击键盘，于是，随着合成器发出的标准伦敦音，宽大的投影屏上缓慢而醒目地显示出如下一段文字：

我的手指还能活动，

我的大脑还能思维；

我有终生追求的理想，

有我爱和爱我的亲人和朋友；

对了，我还有一颗感恩的心……

在几秒钟的静默之后，掌声雷动。人们含着感动的泪水，簇拥着这位非凡的科学家，心中满溢着对这位不朽伟人的由衷敬意。

生活悟语

用心感受，世界依然美好，我们依然拥有很多。别人有的，我们不必去计较自己是否也有，我们只需拥有生命中最有意义的那些，就可以活得精彩。常怀一颗感恩的心，就会让心灵装得更满、更多。

爱的回音壁

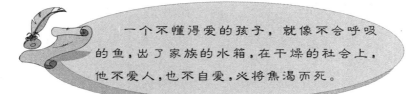

一个不懂得爱的孩子，就像不会呼吸的鱼，出了家族的水箱，在干燥的社会上，他不爱人，也不自爱，必将焦渴而死。

现今中年以下的夫妻，几乎都是一个孩子，关爱之心，大概达到中国有史以来的最高值。家的感情像个苹果，姐妹兄弟多了，就会分成好几瓣；若是千亩一苗，孩子在父母的乾坤里，便独步天下了。

在前所未有的爱意中浸泡的孩子，是否物有所值，感到莫大幸福？我好奇地问过。孩子们撇嘴说，不，没觉着谁爱我们。

我大惊，循循善诱道，你看，妈妈工作那么忙，还要给你洗衣做饭；爸爸在外面挣钱养家，多不容易！他们多么爱你们啊……

孩子很漠然地说，那算什么呀！谁让他们当了爸爸妈妈呢？也不能白当啊，他们应该的。我以后做了爸爸妈妈也会这样。这难道就是爱吗？爱也太平常了！

我震住了。一个不懂得爱的孩子，就像不会呼吸的鱼，出了家族的水箱，在干燥的社会上，他不爱人，也不自爱，必将焦渴而死。

可是，你怎样让由你一手哺育长大的孩子，懂得什么是爱呢？从他的眼睛接受第一缕光线时，已被无微不至的呵护包绕，早已对关照体贴熟视无睹。生物学上有一条规律，当某种物质过于浓烈时，感觉迅速迟钝麻痹。

如果把爱定位于关怀，随着孩子年龄的增长，对他的眷顾渐次减少，孩子就会抱怨爱的衰减。"爱就是照料"这个简陋的命题，把许多成人和孩子一同领入误区。

寒霜陡降也能使人感悟幸福，比如父母离异或是早逝。但它是灾变的副产品，带着天力人力难违的僵冷。孩子虽然在追忆中，明白了什么是被爱，那却是一间正常人家不愿走进的课堂。

孩子降生人间，原应一手承接爱的乳汁，一手播撒爱的甘霖，爱是一本收支平衡的账簿。可惜从一开始，成人就间不容发地倾注了所有爱的储备，劈头盖脸砸下，把孩子的一只手塞得太满。全是收入，没有支出，爱沉淀着，淤积着，从神奇化为腐朽，反让孩子成了无法感知爱意的精神残疾。

我又问一群孩子，那你们什么时候感到别人是爱你的呢？

没指望得到像样的回答。一个成人都争执不休的问题，孩子能懂多少？比如你问一位热恋中的女人，何时感受被男友所爱？回答一定光怪陆离。

没想到孩子的答案晴朗坚定。

我帮妈妈买醋来着。她看我没打了瓶子，也没洒了醋，就说，闺女能帮妈干活了……我特高兴，从那会儿，我知道她是爱我的。翘翘辫女孩说。

我爸下班回来，我给他倒了一杯水，因为我们刚在幼儿园里学了一首歌，词里说的是给妈妈倒水，可我妈还没回来呢，我就先给我爸倒了。我爸只说了一句，好儿子……就流泪了。从那次起，我知道他是爱我的。光头小男孩说。

我给我奶奶耳朵上夹了一朵花，要是别人，她才不让呢，马上就得揪下来。可我插的，她一直带着，见着人就说，看，这是我孙女打扮我呢……我知道她最爱我了……另一个女孩说。

我大大地惊异了。讶然这些事的碎小和孩子铁的逻辑，更感动他们谈论时的郑重神气和结论的斩钉截铁。爱与被爱高度简化了，统一了。孩子在被他人需要时，感觉到了一个幼小生命的意义。成人注视并强调了这种价值，他们就感悟到深深的爱意，在尝试给予的同时，他们懂得了什么是接受。爱是一面辽阔光滑的回音壁，微小的爱意反复回响着，折射着，变成巨大的轰鸣。当付出的爱被隆重接受并珍藏时，孩子终于强烈地感觉到了被爱的尊贵与神圣。

被太多的爱压得麻木，腾不出左手的孩子，只得用右手，完成给予和领悟爱的双重任务。

天下的父母，如果你爱孩子，一定让他从力所能及的时候，开始爱你和周围的人。这绝非成人的自私，而是为孩子一世着想的远见。不要抱怨孩子天生无爱，爱与被爱是铁杵成针百年树人的本领，就像走路一样，需反复练习，才会举步如飞。

如果把孩子在无边无际的爱里泡得口眼翻白，早早剥夺了他感知爱的能力，育出一个爱的低能儿，即使不算弥天大错，也是成人权力的滥施，或许要遭天谴的。

在爱中领略被爱，会有加倍的丰收。孩子渐渐长大，一个爱自己爱世界爱人类也爱自然的青年，便喷薄欲出了。

（毕淑敏）

生活悟语

　　爱给予太多太盲目，就会失去它本身的价值和意义，这反而是对爱的一种糟蹋。我们不能指望父母把所有的爱都倾注在我们身上，那样我们会不懂得珍惜父母给予的爱。我们在接受父母付出的爱的同时，也要以爱回报父母，只有这样，我们才能深刻理解被爱的感觉。

与上帝互换的礼物

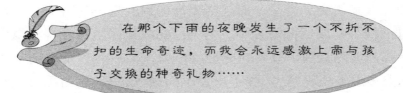

在那个下雨的夜晚发生了一个不折不扣的生命奇迹，而我会永远感激上帝与孩子交换的神奇礼物……

　　那年，我和孩子们把家安在了一个温暖舒适的拖车房里，就在华盛顿湖边的一片林间空地上。随着感恩节的临近，一家人的心情也愉快起来。

　　整个12月，最小的孩子马蒂是情绪最高、忙得最欢的一个。这个乐天顽皮的金发小家伙有个古怪而有趣的习惯——听你说话的时候，他总是像小狗似的歪着脑袋仰视你。原因其实很简单，因为他的左耳听不见声音，但他从未对此抱怨过什么。

　　几周来，我一直在观察马蒂，他好像在秘密策划着什么。他热心地叠被子、倒垃圾、摆放桌椅，帮哥哥姐姐准备晚餐。我还看见他默默地积攒着少得可怜的零用钱，一分钱也舍不得花。我猜这十有八九和肯尼有关。

肯尼是马蒂的朋友，他们在春天认识之后便形影不离。肯尼家和我家隔着一小片牧场，中间有道电篱。他们在牧场捉青蛙、逗小松鼠，还试图寻找箭头标记发现宝藏……

我们的日子总是紧巴巴的，但我变着法儿地把生活过得精致一点儿。而肯尼家就不一样了，两个孩子能吃饱穿暖已属不易，只是肯尼的母亲是个骄傲的女人，相当骄傲，她的家规很严。

感恩节前几天的晚上，我正在做坚果状的小曲奇饼，马蒂走过来，愉快而自豪地说："妈妈，我给肯尼买了件节日礼物，想看看吗？"原来他一直在策划的就是这个啊，我暗想。

"他想要这件东西很久了，妈妈。"他把双手在擦碗巾上仔细揩干，从口袋里掏出一个小盒子。我惊讶地看到了一只袖珍指南针，这可是儿子省下所有的零用钱买下来的！有了这只指南针，8岁的小冒险家就能穿越树林了。

"真是件可爱的礼物，马蒂。"我赞道。但我知道肯尼的妈妈是怎样看待自己的贫穷的。他们几乎没有钱来互赠礼物，更不用兑送礼物给别人了。我敢肯定这位骄傲的母亲不会允许儿子接受一份她无力回赠的礼品。

我小心地向马蒂解释了这个问题。他立刻明白了我在说什么。"我懂，妈妈。我懂……可假如这是个秘密呢？假如他们永远不知道是谁送的呢？"我不知道该怎么回答他。

感恩节前一天是个阴冷的雨天。我从窗户望出去，感到莫名的忧伤。这样一个下雨的节前夜晚是多么乏味啊。

我收回目光，转身检查烤炉时，看见马蒂溜出了房门。他在睡衣外披了件外套，手里紧握着那个精美的小盒子。他走过湿漉漉的草场，敏捷地钻过电篱，穿过肯尼家的院子；踮着脚尖走上房子的台阶，轻轻把纱门打开一点点，把礼物放了进去；然后他深吸一口气，用力按了一下门铃，转身就跑。他狂奔出院子，突然，他猛地撞上了电篱！马蒂被电击倒在湿地上，他浑身刺痛，大口喘着气。稍后，他慢慢地爬起来，拖着瘫

软的身体迷迷糊糊地走回了家。

"马蒂！"当他跌跌撞撞地进门时，我们都叫了起来。他嘴唇颤抖，泪眼盈盈："我忘了那道电篱，被击倒了！"

我把浑身泥水的小家伙搂进怀里。他的脸上有一道红印，从嘴角直通到左耳。我赶紧为他处理了烫伤。安顿他上床时，他抬头看着我说："妈妈，肯尼没看见我，我肯定他没看见我。"

那个夜晚，我是带着不快与困惑的心情上床休息的。我不明白为什么一个小男孩在履行感恩节最纯洁的使命时，却发生了这样残酷的事。他在做上帝希望所有人都能做的事——给予他人，而且是默默给予。

然而，我错了。

早上，雨过天晴，阳光灿烂。马蒂脸上的印痕很红，但看得出灼伤并不严重。不出所料，肯尼来敲门了。他急切地把指南针拿给马蒂看，激动地讲述着礼物从天而降的经过。马蒂只是一边听，一边不住地笑着。当两个孩子比画着说话时，我注意到马蒂没有像往常那样歪着脑袋，他似乎在用两只耳朵听。几周后，医生的检验报告出来了，证明了我们已经知晓的事实——马蒂的左耳恢复了听力！

马蒂是如何恢复听力的，从医学的角度看仍然是一个谜。当然，医生猜测和电击有关。不管怎样，在那个下雨的夜晚发生了一个不折不扣的生命奇迹，而我会永远感激上帝与孩子交换的神奇礼物……

（[美]迪亚娜·瑞讷　刘宇婷/编译）

生活悟语

　　虽然生命遭遇不幸，但我们依然可以怀着一颗纯洁的心，衷心地感恩生活，向身边的人传达至真的爱。肯为别人给予的人，上帝不会再对他残酷。只要真心爱人，他会得到上帝的怜悯，感动命运之神来填补他生命中缺失的部分。

朋友是一味良药

让 小 学 生 学 会 生 活 的 100 个 故 事

也许正是因为有了这些人,而使我们从柔弱中找到了第二天的坚强。在无助的时候,也许聆听他轻轻的话语是最好的力量;在伤感的时候,他是广阔的大海,可以容纳所有,让人舒心畅怀;在烦闷的时候,他是凉亭,给你一杯清茶,让人慢慢品位其中的清凉。

治疗疾病不仅仅需要药物,还需要友谊。朋友是什么?朋友是一味良药。

多结交比自己优秀的人

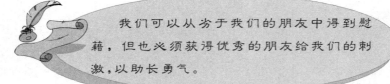

我们可以从劣于我们的朋友中得到慰藉，但也必须获得优秀的朋友给我们的刺激，以助长勇气。

　　朋友，对我们就像读书一样。真正的朋友总不忍坐视我们的颓丧，而时常鼓励我们，使我们增加勇气。

　　要和人相识，并不像通常所想象的那么困难，就是要结交地位较高的人也如此。尤其是年轻人，可以无所顾虑地和地位较高的人亲近。

　　美国有一位名叫阿瑟·华卡的农家少年，在杂志上读了某些大实业家的故事，很想知道得更详细些，并希望能得到他们对后来者的忠告。

　　有一天，他跑到纽约，也不管几点开始办公，早上7点就到了威廉·亚斯达的事务所。

　　在第二间房子里，华卡立刻认出了面前那位体格结实，长着一对浓眉的人是谁。高个子的亚斯达开始觉得这少年有点儿讨厌，然而一听少年问他："我很想知道，我怎样才能赚得百万美元？"他的表情便柔和并微笑起来，两人竟谈了一个钟头。随后亚斯达还告诉他该去访问的其他实业界的名人。

　　华卡照着亚斯达的指示，遍访了一流的商人、总编辑及银行家。

　　在赚钱这方面，他所得到的忠告并不见得对他有所帮助，但是能得到成功者的知遇，却给了他自信。他开始仿效他们成功的做法。

又过了两年，这个20岁的青年成为他当学徒的那家工厂的所有者。24岁时，他是一家农业机械厂的总经理，为时不到5年，他就如愿以偿地拥有百万美元的财富了。这个来自乡村简陋木屋的少年，终于成为银行董事会的一员。

华卡在活跃于实业界的67年中，实践着他年轻时来纽约学到的基本信条，即多与有益的人结交。会见成功立业的前辈，能转变一个人的机运。

我们可以从劣于我们的朋友中得到慰藉，但也必须获得优秀的朋友给我们的刺激，以助长勇气。

大部分的朋友都是偶然得来的。我们或者和他们住得很近，因而相识；或者是以未曾预料的方式和他们相识了。结交朋友昌出于偶然，但朋友对于个人进步的影响却很大。交朋友宜经过郑重的考虑之后再决定。

总之，事业成功的人，有赖于比自己优秀的朋友，不断地刺激自己力争上游。

其实，你应当牢记与有益的人结交，并非太难的事情。首先将你所在城市的著名人士列出一张表，再将会对你的事业有所帮助的人，也列出一张表，之后就是每星期去结交一位这样的人。

伟大的人物才有伟大的友人。

（大　同）

生活悟语

俗话说得好：“物以类聚，人以群分。”结交好朋友是多么重要，自己的一言一行甚至思想都跟他们有重要的联系。每个人都有自己的长处，同样也有自己的弱点。在漫长的人生旅途中，多结交比自己优秀的人，你也会越来越优秀。

一个半朋友

在你生死攸关的时候，那个能与你肝胆相照，甚至不惜割舍自己的亲生骨肉来搭救你的人，可以称做你的一个朋友。

在很久以前，有一个仗义的广交天下豪杰的武士。他的儿子结交了一些酒肉朋友，他很担心儿子的将来。

他临终前对他的儿子说："别看我自小在江湖闯荡，结交的人如过江之鲫，其实我这一生就交了一个半朋友。"

儿子纳闷儿不已。他的父亲贴近他的耳朵交代一番，然后又对他说："你按我说的去见我的一个半朋友，朋友的含义你自然会懂得。"

儿子先去了父亲认定的"一个朋友"那里，对他说："我是某某的儿子，现在正被朝廷追杀，情急之下投身你处，希望予以搭救！"这人一听，容不得思索，赶忙叫来自己的儿子，喝令儿子速速将衣服换下，穿在这个并不相识的"朝廷要犯"身上，而让自己的儿子穿上"朝廷要犯"的衣服。

儿子明白了"一个朋友"的含义：在你生死攸关的时候，那个能与你肝胆相照，甚至不惜割舍自己的亲生骨肉来搭救你的人，可以称做你的一个朋友。

儿子又去了他父亲说的"半个朋友"那里，抱拳相求把同样的话说了一遍。这"半个朋友"听了，对眼前这个求救的"朝廷要犯"说："孩子，这等大事我可救不了你。我这里给你足够的盘缠，你远走高飞快快逃命,我保证不会告发你……"

儿子明白了"半个朋友"的含义：在你患难时刻,那个能够明哲保身、不落井下石加害你的人,可称做你的半个朋友。

生活悟语

你可以广交朋友,也不妨对朋友真诚相待,但你绝不能苛求朋友也给你同样的回报。真诚待人、与人为善是一作幸福的事,若你遇到像你一样善待你的人,你该庆幸那是你的福气；然而若遇到的是"半个朋友",那也不必太介意,因为给予与被给予本来就是两回事。

给老朋友的信

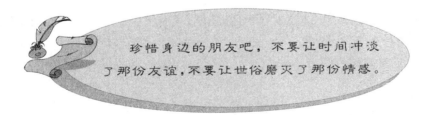

珍惜身边的朋友吧，不要让时间冲淡了那份友谊,不要让世俗磨灭了那份情感。

这位出租车司机读东西读得太投入了,因为直到默菲不得不急迫地敲击车窗玻璃,才引起了他的注意。"您的车可以用吗?"默菲问。司机点点头,默菲坐进了汽车的后座。

司机抱歉地说："对不起,我刚刚在看一封信。"他的声音听起来像得了感冒。

"我理解,家书抵万金啊。"默菲说。

司机看上去大概 60 多岁了，因此默菲猜测道："是您的孩子——您的孙子寄来的吧？"

"这不是家书，"他答道，"尽管也很像家书。爱德华是我的老朋友了。实际上，我们一直以来就互相叫'老朋友'来着——我是说，我们见面的时候。我的信写得不怎么好。"

"我猜他准是您的老相识。"

"差不多是一辈子的朋友了。我们上学时一直同班。"

"能维持这么长时间的友谊可不容易哟。"默菲说。

"事实上，"司机接着说，"在过去的 25 年中我每年只见他一两次，因为我搬家了，就有点儿失去联系了。爱德华曾是个了不起的家伙。"

"您说'曾是'，意思是……"

他点点头："是的，他几个星期以前过世了。"

"真叫人遗憾，"默菲说，"失去老朋友太叫人难过了。"

司机没有答话。他们默默地行驶了几分钟。接着，默菲听到司机几乎是自言自语地说："我本该跟爱德华保持联系的。"

"嗯，"默菲表示同意，"我们都应该和老朋友保持至少比现在更密切的联系。不过不知怎么的，我们好像总是找不到时间。"

他耸耸肩。"我们过去都找得到时间的，这一点在这封信中也提到了。"他把信递给默菲，"看看吧。"

"谢谢，"默菲说，"不过我不想看您的信件，这可是个人隐私啊……"

"老爱德华死了。现在已经无所谓了。"他说，"看吧。"

信是用铅笔写的，称呼是"老朋友"。信的第一句话就是：我一直打算给你写信来着，可总是一再拖延。接着说，他常常回想起他们共同度过的美好时光。信中还提到这位司机终生难忘的事情——青少年时期的调皮捣蛋和昔日的美好时光。

"您和他在一个地方工作过？"默菲问。

"没有。不过我们单身的时候住在一块儿。后来我们都结了婚，有一段时间我们还不断互相拜访。但很长时间我们主要只是寄圣诞卡。

当然，圣诞卡上总会加上一些寒暄话——比如孩子们在做什么事儿——但从来没写过一封正经八百的信。"

"这儿，这一段写得不错，"默菲说，"上面说，这些年来你的友谊对于我意义深远，超过我的言辞——因为我不大会说那种话。"默菲不自觉地点头表示认同，"这肯定会使您感觉好受些，不是吗？"

司机咕哝了一句令默菲摸不着头脑的话。

默菲接着说："知道吗，我很想收到我的老朋友寄来的这样的信。"

他们快到目的地了，于是默菲跳到最后一段——"我想你知道我在思念着你。"结尾的落款是："你的老朋友，汤姆。"

车子在默菲下榻的旅馆停下来，默菲把信递还给司机。"非常高兴和您交谈。"把手提箱提出汽车时，默菲说，但心底却突然产生了疑惑。

"您朋友的名字是爱德华，"默菲说，"为什么他在落款处写的却是'汤姆'呢？"

"这封信不是爱德华写给我的，"他解释说，"我叫汤姆。这封信是我在得知他的死讯前写的。我没来得及发出去……我想我该早点儿写才对。"

到旅馆之后，默菲没有马上打开行李——他得写封信，并立刻发出去。

生活悟语

朋友是什么？朋友是在你感到寂寞无助之时想起，给你一份力量和希望的人。在这个本就陌生的世界中，正因为有了朋友的出现，才让我们本就孤独的世界有了色彩。珍惜身边的朋友吧，不要让时间冲淡了那份友谊，不要让世俗磨灭了那份情感。

友情就像谷仓的顶一样

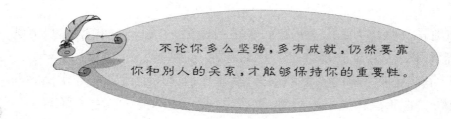

不论你多么坚强，多有成就，仍然要靠你和别人的关系，才能够保持你的重要性。

与旧友之交淡下来了。本来大家来往密切，却为一桩误会而心存芥蒂，由于自尊心作祟，我始终没有打电话给他。

多年来我目睹过不少友谊退色——有些出于误会，有些因为志趣各异，还有些是关山阻隔。随着人的逐渐成长，这显然是无可避免的。

常言道：你把旧衣服扔掉，把旧家具丢掉，也与旧朋友疏远。话虽如此，我这段友谊似乎不应该就此不了了之的。

有一天，我去看另一个老朋友，他是牧师，长期为人解决疑难问题。我们坐在他那间总有上千本藏书的书房里，海阔天空地从小型电脑谈到贝多芬饱受折磨的一生。

最后，我们谈到友谊，谈到今天的友谊看来多么脆弱。

"人与人之间的关系非常微妙，"他说，两眼凝视窗外青葱的山岭，"有些历久不衰，有些缘尽而散。"

他指着临近的农场慢慢说道："那里本来是个大谷仓，就在那座红色木框的房子旁边，是一座原本相当大的建筑物的地基。"

"那座建筑物本来很坚固，大概是 1870 年建造的。但是像这一带的其他地方一样，人们都去了中西部，这里就荒芜了。没有人定期整理谷仓。屋顶要修补，雨水沿着屋檐而下，滴进柱和梁内。

"有一天刮大风,整座谷仓都被吹得颤动起来。开始时嘎嘎作响,像艘旧帆船的船骨似的,然后是一阵爆裂的声音;最后是一声震天的轰隆巨响,刹那间,它变成了一堆废墟。

"风暴过后,我走下去一看,那些美丽的旧橡木仍然非常结实。我问那里的主人是怎么一回事。他说大概是雨水渗进连接榫头的木钉孔里。木钉腐烂了,就无法把巨梁连起来。"

我们凝视山下。谷仓只剩下原是地窖的洞和围着它的紫丁香花丛。

我的朋友说他不断想着这件事,终于悟出了一个道理:不论你多么坚强,多有成就,仍然要靠你和别人的关系,才能够保持你的重要性。

"要有健全的生命,既能为别人服务,又能发挥你的潜力,"他说,"就要记着,无论多大力量,都要靠与别人互相扶持,才能持久。自行其道只会垮下来。"

"友情是需要照顾的。"他又说,"像谷仓的顶一样。想写而没有写的信、想说而没有说的感谢、背弃别人的信任、没有和解的争执——这些都像是渗进木钉里的雨水,削弱了木梁之间的联系。"

我的朋友摇摇头不无深情地说:"这座本来是好好的谷仓,只需花很少工夫就能修好,现在也许永不会重建了。"

生活悟语

友情与世间所有的情感一样都需要细心的经营。朋友之间应该互相关心,互相照顾,互相体谅,在友人最需要的时候站出来拉他一把,在他生病的时候去看他一眼,在他不开心的时候和他聊聊心声……只有细心的关怀与真诚的付出,才能灌溉出友情这朵美丽的花。

是谁束缚了我们

> 很多时候，束缚我们的并不是外界的客观因素，而正是我们自己那颗不肯与人方便的心。

　　乡下堂哥送来两只活鸡，因为一时半会儿没工夫杀又怕它们跑了，我就想暂时把它们拴在一个固定的东西上。正在寻思拴在哪儿合适时，堂哥却说："看我的！"他把一根绳子的两头分别系在一只鸡的左腿和另一只鸡的右腿上，说："这样它们既能活动又逃不了。"再看那两只鸡，一只往右奔一只往左挣，忙得不亦乐乎，可惜还是在原地绕圈子——这办法果然灵。其实，如果这两只鸡肯相互配合、步调一致的话，它们可以轻易地逃走。所以说，束缚它们的并不是那根短短的绳子，而是它们的不团结。

　　人知道利用鸡的这种致命的弱点，但是人却常常会犯类似的错误。譬如一些技术尖子，分开来看每个人都是顶尖好手，可是把他们放在一起合作，却并没有做出与实力相符的成果，因为他们彼此不服气，或是自恃技高不屑于与别人配合，或是怕便宜了合作伙伴而不把自己的本领全使出来。再譬如运动健将，也许每一个都身手不凡，但是组成一支队伍却未必会出什么好成绩，因为他们没有团队精神，只想表现自己，不愿意成就大家的荣耀。本来应该是人多力量大，可有的时候，人多反而施展不开手脚。

　　自然界有许多与人方便与己方便的例子——

非洲大陆上有一种甜瓜,它的滋味十分适合土豚的口味,是土豚的最爱。然而,土豚并不是吃完甜瓜后拍拍屁股就走,而是把自己的粪便用泥土埋起来,因为那粪便中混有未消化的甜瓜种子。就这样,土豚又"种"下了很多甜瓜。那些种子有土有肥,来年会结出更多的甜瓜,土豚就有了更多的食物。土豚和甜瓜互利互惠,彼此都得以繁衍生息。

淡水龙虾被捉住后放在桶里,你可别以为它们不可能爬出来,要是不盖上网罩它们还真的就逃走了。你知道它们是怎样爬上高而光滑的桶壁的吗?它们会一个顶着一个组成一架"虾梯"爬出桶外,齐心协力地摆脱即将成为盘中餐的命运。

螃蟹在陆地上也可以生存,但离开水的时间不能太久,所以,它们就不停地吐泡沫来弄湿自己和伙伴。一只螃蟹吐的泡沫是不大可能把自己完全掩盖起来的,但是几只螃蟹一起吐的泡沫连接起来就可形成一个大团,也就营造了一个能够容纳它们的富含水分的空间,彼此都争取到了生存的机会。

在与别人合作的时候,我们不妨想想自然界的这些例子。很多时候,束缚我们的并不是外界的客观因素,而正是我们自己那颗不肯与人方便的心。

(靳雪晴)

生活悟语

　　在生活中,我们避免不了要与他人接触,与他人交往,与他人合作,由此便产生了人际交往的烦恼和快乐。与人方便,与己方便,当我们与他人共同合作的时候,只有真诚相对,共同进退,才能收到好的效果。学会善待他人,也就是善待自己。

生命的礼让

那一刻，他做出了一个思量多日的惊人决定：将善款转赠给坚强而善良的好兄弟彭敦辉！自己少活一段，可能成全他的一生。

他们素不相识，却有着出奇相似的相貌；他们因为同样的疾病走进同一间病房；他们都已经找到了可配型的骨髓，却因为筹不到钱而无法手术；他们为了保留其中一人的生命，唱响了一曲生命礼让的赞歌。

"我们虽同样有着新婚妻子，同样有着年迈的父母，我们虽同样找到了可供移植的供者，我们虽同样为昂贵的移植费绞尽脑汁……但你还有一个出生刚刚几个月的活泼可爱的孩子，还有一大笔的债务等待着你去偿还……我决定在我生命走到最后的时候帮帮你，将我剩下的 3.5 万元人民币无偿捐赠给你。"

这是欧阳志成转赠生命的悲壮绝笔。他将这绝笔和 3.5 万元人民币留给病友彭敦辉，然后消失了。

湖南隆回县养古坳乡中团中学语文教师欧阳志成被确诊为白血病时，他只有 27 岁，他的爱人只有 21 岁，他们结婚仅仅 9 个月。

矫弱的妻子彭丽争分夺秒地向亲朋好友、乡教育办、学校筹款，但也只筹得不到万元。为了尽快筹到 20 万元实施移植手术，他们抱着求助牌，手捧玫瑰花，面对邵阳师院熙熙攘攘的人群跪倒在地。整个隆回县被震动了,在全县师生的共同努力下,他们很快筹措了近 20 万元。但一年多的化疗和寻找配型已经用去了 12 万元。配型找到了,他们却因为没钱而无法手术。

同一个病房的病友彭敦辉,也患有白血病,也找到了配型却因为筹不到钱而无法手术。这两个酷似双胞胎、同病相怜的病友,从此相互照料,相互鼓励,与病魔作斗争。望着一筹莫展的欧阳志成,彭敦辉曾安慰他说:"说不定我厂子新上的项目很快就能赚大钱,到时候,我借钱给你。"

彭敦辉的生意失败了,唯一的希望也破灭了。看着此前从未向病魔低过头的病友颓废地倒在病床上,望着他活泼可爱的小孩子,欧阳志成的心里一阵抽搐。那一刻,他做出了一个思量多日的惊人决定:将善款转赠给坚强而善良的好兄弟彭敦辉! 自己少活一段,可能成全他的一生。

做了此决定后,欧阳志成写了两封信:一封给医院负责人——遗体捐赠给医院做医学解剖用;一封写给病友彭敦辉——然后他回到了隆回老家。

接下来的日子,远在长沙的彭敦辉和妻子开始竭尽所能寻找他的那位好病友、好兄弟。他们试图通过隆回 114 查询欧阳志成的住宅电话,但一无所获;他们查到欧阳志成所在学校的电话,可因为暑假总是没人接听……

两位护士感动地出主意:"打电视台的热线电话,呼吁大家寻找他!"

"转赠生命"的动人故事在电视台播出后,立即在省内掀起一股动人浪潮:一些长沙市民自费印刷寻人启事;虽然还没有找到欧阳志成,但越来越多的人已经通过特别账户为欧阳志成捐款。

终于,2005 年 8 月,在热心市民的陪同下,欧阳志成终于回到了医院。生死之交的兄弟俩百感交集,相拥而泣……

现在,在社会的帮助下,两位患难兄弟已经远离病魔,踏上了绚丽人生的旅程。

生活悟语

　　每个人只有一次生命，但每个人对生命的理解却各有不同。有的人说，生命就是金钱；有的人说，生命就是享受……其实，生命的意义在于奉献，在于无私奉献的每一份价值与感动。

伸出援手才能化敌为友

　　在别人困难的时候请不要犹豫是否该伸出援手，因为，聪明的人都明白一个道理：帮助别人实质就是帮助自己。

　　美国 RealNetworks 公司曾经向美国联邦法院提起诉讼，指控比尔·盖茨的微软公司违反《反垄断法》，并要求其赔偿 10 亿美元。

　　但在官司还没有结束的情况下，RealNetworks 公司的首席执行官格拉塞却致电比尔·盖茨，希望得到微软的技术支持，以使自己的音乐文件能够在网络和便携设备上播放。所有的人都认为比尔·盖茨一定会拒绝他，但出人意料的是，比尔·盖茨对他的提议出奇得欢迎，他通过微软的发言人表示，如果对方真的想要整合软件的话，他将很有兴趣合作。

　　众所周知，微软和苹果两大公司自 20 世纪 80 年代起就一直处于敌对状态，约伯斯和比尔·盖茨为争夺个人计算机这一新兴市场的控制权展开了激烈的竞争。到了 90 年代中期，微软公司明显占据了领先优势，占领了约 90% 的市场份额，而苹果公司则举步维艰。但让所有人大跌眼镜的是,1997 年,微软向苹果公司投资 1.5 亿美元,把苹果公司从倒闭的边缘拉了回来。2000 年,微软为苹果推出 Office2001。自此,微软与苹果真正实现双赢,他们的合作伙伴关系进入了一个新时代。

爱因斯坦的朋友们

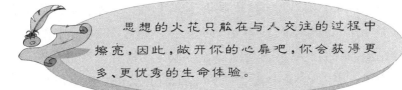

思想的火花只能在与人交注的过程中擦亮,因此,敞开你的心扉吧,你会获得更多、更优秀的生命体验。

爱因斯坦堪称 20 世纪最伟大的科学家,他的相对论震惊了世界。年轻的爱因斯坦之所以能选择一个非常有价值的追求目标,并矢志不渝地为之奋斗,这与朋友的支持是分不开的。

一个偶然的机会,刚入大学的爱因斯坦在一次家庭晚会上结识了已经毕业的校友米凯尔·贝索。两人因志同道合成了莫逆之交。贝索知识渊博,思想敏锐,喜欢批判哲学,经常兄弟般地对爱因斯坦进行鼓励和帮助。特别是当他把马赫的《力学史》推荐给爱因斯坦,并在一起研讨问题之后,爱因斯坦选择人生奋斗目标更为明确了。爱因斯坦说:"这本书对基本概念和基本定律的批判态度给了我深刻和持久的影响,我以前读过的《归纳法原理》远不如它。"又说:"我认为马赫的真正伟大就在于他不妥协的怀疑态度和独立性。"正是在贝索的帮助下,年轻的爱因斯坦才从此掌握了马赫的批判之剑,开始向已有的200多年的牛顿力学挑战,并在年轻时代就发展了狭义相对论。文中既无参考文献,也未提及任何名家指教,但在论文最后却加进了感谢朋友的热情帮助和有价值的建议方面的内容。可见贝索对爱因斯坦在人生追求上、目标选择上是起了多么重要的作用,这也是世人把贝索称之为相对论的"助产士"的基本依据。正因为如此,爱因斯坦在老年之后还一直不忘贝索对他的帮助,并高度评价说:"在整个欧洲,我找不出一个比他更好的知音。"

爱因斯坦年轻时候的科学思想进一步深化,同样受到身边朋友的帮助和影响。他说:"单凭自己来进行思考,而得不到别人思想和经验的激发,那么即使是在最好的情况下,他所想的也不会有什么价值,一定是单调乏味的。"年轻的爱因斯坦在尚未找到专职的工作以前,曾以私人讲授物理来挣钱糊口。后来,将与人讲授变成了年轻人的聚会、读书和研讨的场所。这些年轻人包括著名的索洛文、哈比希特、贝索等。他们把读书研讨小组戏称为"奥林匹克科学院"。聚会常从简单的晚餐开始,谈话交流的内容极其丰富,涉及当代哲学和科学中的许多重大的根本问题。他们常为一些问题争论不休,直到弄清为止。这种朋友间的讨论和相互学习不仅丰富了生活,加深了友谊,更使包括爱因斯坦在内的每个人的科学思想都得到了丰富和升华。正因为如此,爱因斯坦在老年的时候,还怀念"院士"那种互相学习、互相促进的生活。爱因斯坦逝世的前两年,还在给老友,哈比希特的回信中讲:"你的灿烂夺目的光辉,依然照耀着他们孤寂的人生道路……我永远忠于你,直到学术生命的最后一刻。"

生活悟语

列夫·托尔斯泰有句名言:"与人交谈一次,往往比多年闭门劳作更能启发心智。"思想的火花只能在与人交往的过程中擦亮,因此,敞开你的心扉吧,你会获得更多、更优秀的生命体验。

好友良伴

事实证明，把有能力的人作为自己的榜样并不可耻。朋友与书一样，好的朋友不仅是良伴，也是我们的老师。

近朱者赤，近墨者黑。朋友是一生中影响你最深的人。多与有益的人结交，与成功立业的前辈接触，能转换一个人的机运。

萨加烈说过这样的话："如果要求我说一些对青年有益的话，那么，我就要求你时常与比你优秀的人一起行动；就学问而言或就人生而言，这是最有益的；学习正当地尊敬他人，这是人生最大的乐趣。"结交一流人物能让自己更强，经常与有价值的人保持来往，回避没有价值的人际关系，这不是庸俗，这是你向上的力量。

里昂是美国加利福尼亚州小镇上的铁道电信事务所的新雇员。在16岁时，他便决心要独树一帜；17岁他当了管理所所长；后来，先是在西部合同电信公司，接着成为俄亥俄州铁路局局长。

当他的儿子上学就读时，他给儿子的忠告是："在学校要和一流人物结交，有能力的人不管做什么都会成功……"

你也许会觉得这句话太庸俗，但请别误会，事实证明，把有能力的人作为自己的榜样并不可耻。朋友与书一样，好的朋友不仅是良伴，也是我们的老师。

不少人总是乐于与比自己差的人交际，因为借此能产生优越感。可是从不如自己的人当中，显然是学不到什么的。你所交往的人会改变你的生活。与愤世嫉俗的人为伍，他们就会拉你沉沦；结交那些希望你快乐和成功的人，你就在追求快乐和成功的路上迈出了最重要的一步，对生活的热情具有感染力。因此，同乐观的人为伴能让我们看到更多的人生希望；而结交比自己优秀的朋友，则能促使我们更加成熟。

多结交成功的朋友，可以把注意力放在比自己先成功一步的朋友身上，这样，你既有结交的机会，也容易领略到对方的内涵。阻碍我们成功的最大障碍，其中就存在于我们自己心中，自己战胜自己往往是人生中最持久最难决出胜负的艰苦战役。但如果你拥有许多成功的朋友，在这场看不见、摸不着的战役中，很可能轻易取胜，因为成功者已经告诉我们取胜的诀窍和方式方法。既是成功者的方式方法，我们无需过多地怀疑忧虑。在人的一生中，该模仿抄袭的时候就应该模仿抄袭，什么都靠我们自己去研究领悟发现，我们一定落伍且因此变得呆板。

（魏清月）

生活悟语

无论是朋友还是对手，他们的气质、性格，甚至理想、追求都会在生活中对你产生一定程度的影响，甚至同化。因此，为自己选择怎样的朋友与对手，对个人的发展也很重要。

生活是一道选择题

让 小 学 生 学 会 生 活 的 100 个 故 事

　　人的一生要经历无数次的选择。正确的选择可以造就生命中灿烂的前程,错误的选择可以毁掉生活的梦想而品尝遗憾的苦果。因此,选择是愉悦的过程,也是痛苦的过程。

　　选择需要敏锐的洞察,需要谨慎的态度,还需要果敢的决断。选择了一棵树,必然要失去大片森林。不要只顾着在选择的路上来回奔跑,而忽略了生活本身。

选择的自信

> 这个老头可不是贾府门前的焦大，他选择了守门，拥有了一份权贵们不敢在他面前猖狂的自信。

　　来美国的有些亚洲新贵们，很快就发现他们身边少了一分熟悉的羡慕，多了一分失落。于是，他们随时分发印有董事长头衔的名片，并不管用。于是，又一掷千金，买下华屋名车。可气的是，竟然连那些居斗室、开破车的美国佬也"我自岿然不动"，不肯景仰擦身而过的奔驰老总。当然更不会有人注意到他们袖口或领口的名牌。在美国，高薪、华屋、名车的群众号召力没有在新富国家那样大。

　　很多美国人身为粗工阶层，也是心满意足。当你出入豪华宾馆时，为你叫车的男孩不卑不亢，礼貌周到，你会感到他的自信。他未必羡慕你所选择的道路。千千万万的美国人按照自己的实际情况选择了职业，选择了生活的各个方面，也活出了一份自信。于是，那些在本国高高在上的贵人们到了美国就傲气顿失。

　　一个访美的亚洲官员讲："我在国内时别人见我就点头哈腰，可是在美国连有些捡破烂的人腰板都挺得直直的。"

　　我原来工作的办公室里有个维修计算机系统的老美，大学毕业，工作10年了，很平常一个人。处久了，我们每天见面时也侃几句。一天，我开导他："你为什么不去微软工作呢？几年下来光股票上就发了。"他说："我不喜欢微软，这儿挺好。"

后来我发现他有一张合影照片，他，他姐姐、姐夫，比尔·盖茨。才知道他姐是早年跟比尔·盖茨一起打下微软的功臣，现担任 Microsoft 的副总裁，也是亿万身家了。一问，办公室里有人知道，却没人跟他套近乎，大家把他支来支去。他不求致富，有一份淡泊的安详。

你会发现，美国很多的博士们找工作，首选是做教授。做教授可比去公司穷，还辛苦，但有更多的学术和时间自由。我有个朋友，在一所大学任助理教授，美国几个最大的制药公司请他去主持一个 R&D 部门，开价是他在学校年薪的 3 倍，他不去，就要做教授，还劲头十足地约我写论文，回国开讲座，其乐陶陶。

最近他因为一项被美国医疗服务协会称为"挑战传统的发现"，而受到美国主要媒体的关注。一个同系的老美教授告诉他说："我搞了多年的研究，好希望自己的研究成果也能引起如此的反响。"并且还认真地给这位老兄出主意，怎么样把这事的影响扩大。如果我王伯庆是他的同事，我是否会像那位老美一样为他的成功真诚激动、锦上添花呢？

有一位朋友，拿到一个名牌大学的教授职位，高高兴兴地从麻省来加州赴任，先租公寓房住。自己是教授，住的公寓当然不差。隔壁邻居是一家墨西哥人，每天见面都打招呼。聊天时老墨底气十足，没什么文化，但神色之间透出对生活相当满足的自信。这位仁兄想，这老墨虽没有文化，敢跟我大教授谈笑风生，想来也是生意上有成之辈。

结果不然，这老墨没有工作，全靠 5 个小孩的政府补助过活，每人每月几百元钱，还有食品券。这位朋友感慨地讲，恐怕克林顿总统来了，这老墨也不会腿软。职务也许帮助不了你去吸引自信的朋友，话不投机半句多。

有一个故事，发生在 1997 年 12 月 11 日。美国著名的"悄悄话"专栏女记者辛迪·亚当，想约克林顿总统的夫人希拉里来个单独采访。多番努力，终于搞定，克太太同意在她出席了纽约曼哈顿大学俱乐部的一个妇女集会后，跟辛迪谈一个小时。

采访就定在曼哈顿俱乐部里。这个俱乐部有着百年历史，注重传统,古色古香。辛迪先到,在大厅候着。到了时间克太太还没来,她坐不稳了,悄悄地把大哥大拿出来,打个电话问一下,守门的老头过来了,说:"夫人,你在干什么?"

女记者说:"我跟克林顿夫人有个约会。"老头说:"你不可以在这个俱乐部里使用手机,请你出去。"说完后老头就走了,辛迪收起了手机。

一会儿老头又来了,看见这女人没走,还与克林顿夫人在大厅里高谈阔论,在场的有总统府的高级助理们。老头不乐意了,说:"这是不能容许的行为,你们必须离开。"克林顿夫人说:"咱们走。"乖巧地拉上辛迪就出去了。

这个老头可不是贾府门前的焦大,他选择了守门,拥有了一份权贵们不敢在他面前猖狂的自信。

权势人物的气度是制度和人民调教出来的,常常是有什么样的人民就有什么样的领袖。

知道吧,比尔·盖茨想参加哈佛的同班聚会,被有些同学拒绝了。是呀,你盖茨选择了中途退学,跟同学没多大关系,聚个吗劲? 选择了在哈佛毕业的同学未必都选择了向金钱屈膝。

(王伯庆)

无论是面对位高权重的人还是富甲一方的神,我们都不必害怕,不必自卑。其实,每一个岗位都是平等的,履行好自己的职责,尽到自己的本分,同样能得到人们的敬重。保持选择的自信,才能维护自我的尊严。

选　择

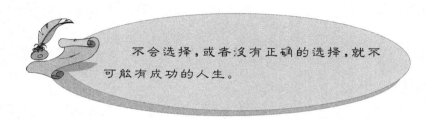

不会选择，或者没有正确的选择，就不可能有成功的人生。

"当年，我爹是土匪。"

在采访这个老革命时，他开门见山地对我说。

他的父亲在当地很有实力，也很有势力，拥有数百亩田，绵延的山林，几十条枪，还有5个儿子。

共产党的游击队来到他家乡的时候，最匮乏的是武器弹药，就将这个家庭的小少爷抓了去做人质，小少爷就是他。

他父亲最疼爱的小儿子突然失踪，整整一个月音信全无，急得不得了。终于接到游击队的口信，连忙将所需枪支如数奉上，但求赎回人质。

再说他，是在从县城学堂回家的轿子上被劫的。到了游击队扎营的那个山头上，发现都是些十七八岁和他一般大的小伙子，也不怎么为难他，只是不让他单独走，学习、练武、出操、喊口号，都带着他。他觉得蛮新鲜的，尤其学习的那些观念、理论，从未听过，十分好奇。

一个月后，游击队的长官对他说："你可以回家了。"他愣了一下："回家？我可不可以在山上再待些日子？"长官笑了："你爹把枪拿来了，我们该守信用，把你还给他呀。"

当然，结果你也料得到，他死活不肯下山，为了不下山，表现还特别的积极，就这样走上了革命道路。

这样戏剧性地走上革命道路,后来的事情你也料得到,他在各种运动中吃了不少苦头,甚至被诬陷成混进革命队伍的奸细,但他从未后悔过当初的选择,他的信念从未动摇。

接受采访时他说了一句很风趣的话:"我本来就是革命的人质嘛!"

他的意思是不是说,当一个人选择了为某一目标奋斗终生时,当一个人终于找到他甘愿为之付出全部,包括生命的事业时,他就成了他的理想的人质,如果有一天他要赎回自己,就意味着放弃理想!

(莫小米)

生活悟语

人生就是不断选择的结果。不会选择,或者没有正确的选择,就不可能有成功的人生。任何一个人,他随时都会站在一个又一个十字路口。选择常常是和责任、信念连在一起的,我们要全力以赴,才能披荆斩棘勇往直前。

首先要准备做一系列的选择

如果你确定要钓什么鱼,你就准备着做一系列的选择吧。选择的正确与否决定你能否钓到,或者更准确地说能否钓到大鱼。

周末,约翰和杰克来到一个鱼塘边来钓鱼。

不一会儿,杰克就钓了好几条大鱼,而约翰却一无所获。

约翰实在想不明白,便来到杰克身边,向他请教钓鱼的秘诀。

杰克一边将干蝇挂在渔钩上,一边对约翰说:"如果你确定要钓什么鱼,你就准备着做一系列的选择吧。选择的正确与否决定你能否钓到,或者更准确地说能否钓到大鱼。"

杰克将渔钩准确而且有力地抛向水面,然后坐下来看着说:"钓鱼也许应该靠运气的,不确定性的因素太多了。因为如果我们都做了对的选择,是否成功则要靠天意。但是,钓鱼不是傻瓜游戏,它更像是玩21点扑克牌。你对娱乐场所(栖息地)、游戏规则(鱼)和概率(水、食物供应量和天气状态)了解得越多,你赢的机会(钓到大鱼)就越大。

"首先,要挑选一片水域。如果你想钓鲤鱼或者鲫鱼,那么必须在淡水区域,比如在水库、鱼塘,或者在一条不太湍急的小河边。如果你想钓到鲸鱼,就需要驾着渔船进入深海,经受惊涛骇浪的考验。

"鱼并非均匀地分布在所有的水域,同一区域,有人能钓到大鲤鱼,而另一些人钓到的总是小鱼。因此,选择池塘变得十分重要了。在这个池塘钓鱼,我是经过反复的选择,而你则是完全盲目的,尽管我们碰巧遇在一起了,但是我们却有区别。这种区别在于我知道自己的选择;而你是随机,也许你能有好机会,但是机会不可能总是惠顾你。真正的成功需要积累和理智的选择。"

杰克的鱼又上钩了,又是一条大红尾鲤鱼。

杰克微微一笑,说:"你知道吗? 为了选择这个鱼池,我做了长时间的观察和分析,了解水深和藻类的繁殖状况。也许你觉得这不过是一种娱乐,似乎应该更轻松些。但是,如果我们选错了池塘,拿着渔竿傻傻地坐在池塘边,那还不如坐在花园的长椅上眯着眼睛晒太阳呢! 我们也许没必要将钓鱼当成一种体育比赛。但是也不能完全不用心思。这是一种人生态度,一旦你养成了这种态度,你就能从中获得某种乐趣——思考的乐趣。"

"选定了池塘,接下来你应该聘请一个教练。"杰克接着说,"许多人宁愿选择做一个失败者,也不愿意选择依靠他人的帮助和善意,无论是付费还是免费。如果你立即接受你是无知的,而且什么也不懂的事实,如果你闭上自己的嘴巴,那你的钓鱼技术也会迅速提高。

"最后，选择一个位置。与人生层次一样，鱼也有层次之分，当一个地方的鱼钓完了，我们必须不断地调整我们的位置。但并非盲目的，我们必须知道哪些位置会有鱼。鱼是游动的，机会也是在变化的。也许我们选对了一个好区域，并且选对了一个好池塘，但是我们却在一个只有小鱼的浅水区徘徊，我们又怎么能钓到大鱼呢？因此，我们必须不断变化位置来寻找大鱼，并且在其饥饿的时候投下鱼饵，将其钓上来。"

没有固定的目标，没有耐心的积淀，盲目的碰撞，只会竹篮打水一场空，什么也收获不了。只有朝着理想的方向，不断地调查、筛选，谨慎地选择、判断，当我们做好一切迎接成功的准备时，成功就会如期到来。

选择比努力更重要

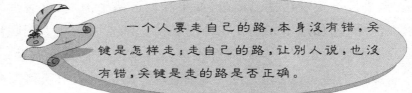

一个人要走自己的路，本身没有错，关键是怎样走；走自己的路，让别人说，也没有错，关键是走的路是否正确。

有一个非常勤奋的青年，很想在各个方面都比身边的人强。经过多年努力，仍然没有长进，他很苦恼，就向智者请教。

智者叫来正在砍柴的三个弟子，嘱咐说："你们带这位施主到五里山，打一担自己认为最满意的柴来。"

年轻人和三个弟子沿着门前湍急的江水，直奔五里山。

等到他们返回时，智者正在原地迎接他们——年轻人满头大汗、气喘吁吁地扛着两捆柴，蹒跚而来；两个弟子一前一后，前面的弟子用扁担左右各担四捆柴，后面的弟子轻松地跟着。正在这时，从江面飞来一个木筏，载着小弟子和八捆柴，停在智者的面前。

年轻人和两个先到的弟子，你看看我，我看看你，沉默不语；唯独划木筏的小弟子，与智者坦然相对。

智者见状，问："怎么啦，你们对自己的表现不满意？"

"大师，让我们再砍一次吧！"那个年轻人请求说，"我一开始就砍了六捆，扛到半路，就扛不动了，扔了两捆；又走了一会儿，还是压得我喘不过气，又扔掉两捆；最后，我就把这两捆扛回来。可是，大师，我已经很努力了。"

"我和他恰恰相反，"那个大弟子与他齐头并进，"刚开始，我俩各砍两捆，将四捆柴一前一后挂在扁担上，跟着这个施主走。我和师弟轮换担柴，不但不觉得累，反倒觉得轻松了很多。最后，又把他丢弃的柴挑了回来。"

用木筏的小弟子抢过话，说："我的个子矮，力气小，别说两捆，就是一捆，这么远的路也挑不回来，所以，我选择走水路……"

智者用赞赏的目光看着弟子们，微微颔首，然后走到年轻人面前，拍着他的肩膀，语重心长地说："一个人要走自己的路，本身没有错，关键是怎样走；走自己的路，让别人说，也没有错，关键是走的路是否正确。年轻人，你要永远记住：选择比努力更重要。"

（闫金城）

生活悟语

面对人生的每一个路口，我们都要慎重考虑，选择最适合自己的，这样，才会走得更快、更好。如果走错路，无论付出多大的努力，都是走向绝境。如果走的是捷径，即使比别人少付出艰辛，也可能最先登上成功的高峰。

没有第二次选择

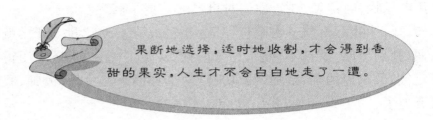

果断地选择，适时地收割，才会得到香甜的果实，人生才不会白白地走了一遭。

几个学生向苏格拉底请教时间的真谛。苏格拉底把他们带到果林边。"你们各顺着一行果树，从林子这头走到那头，每人摘一个自己认为最大、最好的果子。不许走回头路，不许做第二次选择。"苏格拉底吩咐说。学生们出发了。他们都十分认真地进行着选择。等他们到达果林的另一端时，老师已站在那里，等候着他们。

"你们是否都选择到自己满意的果子了？"苏格拉底问。

"老师，让我再选择一次吧！"一个学生请求说，"我走进果林时，就发现了一个很大、很好的果子，但是，我还想找一个更大、更好的。当我走到林子的尽头后，才发现第一次看见的果子，就是最大、最好的。"其他学生也请求再选择一次。苏格拉底摇了摇头："孩子们，没有第二次选择，人生就是如此。"

生活悟语

优柔寡断，美好的东西就会在我们的脚下溜走，最后只会两手空空。果断地选择，适时地收割，才会得到香甜的果实，人生才不会白白地走了一遭。

十字路口

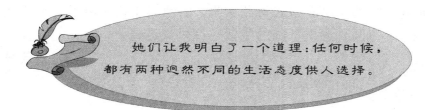

她们让我明白了一个道理：任何时候，都有两种迥然不同的生活态度供人选择。

几个月来，骑车经过离家不远的一个十字路口时，我总会遇到两个女人。

一个女人是乞丐。有时是一个人乞讨，有时还领着一个小男孩。看上去她也就 30 岁出头，却穿着一身破旧的衣服，蓬头垢面。她总是低着头躬着腰，一副很谦卑的模样，可要起钱来，她却十分理直气壮。看见路口哪个方向的车停下了，就急急忙忙跑过去，要钱时不说话，只是趴在车窗上往里窥视着，并用手使劲地拍打玻璃。有的司机摇下玻璃递了钱来，她一把抓过塞进口袋，也不道谢，就转身走向后面的车辆。有的司机不搭理她，她等上一阵子，觉得没有希望，就悻悻地走开。走开后总不忘嘟囔着骂几句，有时甚至会向车尾处吐口痰表示不满。显然，她已把别人的施舍当成了应得的回报。虽然每天都在不劳而获，可她一点儿都不快乐，我从没看见她笑过。

另一个女人已年过半百，满是皱纹的脸上总是荡漾着灿烂的笑容，仿佛平静的河面上洒满阳光。她穿的也是旧衣服，却很整洁，脚上不是半新的皮鞋就是半旧的旅游鞋，还都是好牌子。她左手捧着一摞报纸，最上面的几张错落有致地摆开，露出色彩鲜艳的报头。她是卖报纸的。她卖报纸只留意从北边驶来的车辆，从不在路口四处乱跑。车辆行驶着,她就静静地站在机动车道边。车辆停下了,她才慢悠悠地过去走上一圈,让每辆车上的人都看到自己。这样走动时,她和那些车辆总保持着一定距离,不像那个乞讨的女人那样没礼貌地往人家车窗上趴。如果有人探出头要报纸,她就兴奋地跑过去,送上报纸的同时,还简短地介绍一下上面的重大新闻。有时需要找人家零钱,她就很利索地数好递进车里,并笑着挥挥手道声谢。

我一直不知道,这两个女人遇到了什么样的困难,竟要在车流涌动、充满危险的十字路口乞讨和卖报。但她们让我明白了一个道理:任何时候,都有两种迥然不同的生活态度供人选择。

(张福龙)

生活悟语

人生总会遇到许多挫折,不顺心的事我们难以选择,但至少可以选择面对困难的态度。微笑着面对,才会减轻自己的痛苦,走出低谷;愁苦满面,只会让自己的心情越来越沮丧。

选择自己的生活方式

虽然生活中有某些事情是你一定要做的,但你也经常未曾自由选择你可以不必去做的事情。作为一个人,我们必须选择对我们有利的生活方式。

几年以前,有一位朋友对马尔登说:"我喜欢我的工作,我爱我的家人，我的生活过得很舒服，我可以回到家里，轻松下来。我想我很幸运。但当我坐上车子，开上高速公路，奔向城里上班时，我立即感到全身紧张，要经过几个小时之后，才能把这种紧张的感觉摆脱掉。"

马尔登说："你用不着开车上班，你可以改搭火车或汽车去上班。既然你开车时心情紧张，那么开车对你有害。"

他接受了马尔登的建议，今天他的生活过得更为轻松愉快。

马尔登说："我现在并不是强调不要开车——开车虽然会令某些人感到紧张，但也会令某些人感到轻松，但最重要的是，尽量避免逼迫你自己。"

有许多人强迫自己做某些事情，是因为他们以为别人期望他们这样做。今天大多数人都自己开车，因此，马尔登的一位有成就的朋友也觉得他必须开车，即使他本人很痛恨开车。

你不能既想轻松，又想逼迫自己，这两种情况是无法同时存在的。虽然生活中有某些事情是你一定要做的，但你也经常未曾自由选择你可以不必去做的事情。作为一个人，我们必须选择对我们有利的生活方式。

生活悟语

> 为别人而活，为面子而活，自己很累，也得不到别人的认可。为自己而活，才会过得有滋有味；适合自己的生活方式，才会过得轻松自在。强迫自我，只会压抑自己的精神；释放自我，才会享受愉悦的快感。

种子的愿望

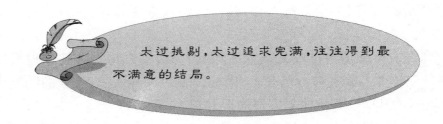

太过挑剔，太过追求完满，往往得到最不满意的结局。

在肥沃土壤的滋润下，一粒种子从漫长的冬天一觉醒来。大地母亲问他："小种子呀，你想成为什么？这一次，我允许你选择自己的命运。说吧，是想变成被人采食的蔬菜、水果，还是希望成为百花丛中的一员，供人流连赞美。"

"我希望自己是一株人见人爱的花儿，"种子不假思索地回答，"但一定要是山上长得最好看的那种。"

"好极了！"大地母亲温和地说，"你觉得玫瑰怎么样？"

"玫瑰确实十分漂亮，又有芬芳的气息，"种子琢磨着，"可是，它身上的刺会扎人的，这太煞风景了。花和刺可不能呆在一块儿。"

"我知道最适合你的是什么了，"大地母亲忽然眼睛一亮，"你应该成为百合花。她没有刺，而且洁白典雅。怎么样？你会成为花中皇后的。"

种子左思右想，过了许久才说："百合是没有刺，可是她的色彩太单调了。我想成为最艳丽、最光彩夺目的花儿。"

"啊哈，"大地母亲似乎恍然大悟，"你的最佳选择应该是紫罗兰，她那么艳丽，那么引人注目。"

"不行，不行，"种子反对，"紫罗兰太矮小了。我要成为更高更大的花,让所有的花儿都仰视我才行。"

"这么说,你喜欢剑兰?她可是长得高高的,而且能开出美丽动人的花儿。"大地母亲这时哈欠连连了。

"可惜她的花不能同时绽放。"

种子又低头寻思了半天,忽然她想到了一个好主意:"我想……"可是,大地母亲呢?——哦,她走了,因为还有其他种子在等着她呢!

第二天早晨醒来,让种子无比气恼的是,自己竟变成了一株狗尾草。

([菲律宾]胡安·弗拉维尔)

生活悟语

当我们犹豫不决时,机会也失去了耐性。太过挑剔,太过追求完满,往往得到最不满意的结局。在人生的追求路上,要聪明判断,勇敢选择,才能定格美丽的一刻。

选择并非越多越好

由于每个人看问题的角度不同,给出意见的动机也不尽相同,所以一味地注重听取别人的意见很容易让自己拿不定主意。

有选择好,选择愈多愈好,这几乎成了人们生活中的常识。但是最近由美国哥伦比亚大学、斯坦福大学共同进行的研究表明:选项愈多反而可能造成负面结果。

科学家们曾经做了一系列实验，其中有一个让一组被测试者在 6 种巧克力中选择自己想买的，另外一组被测试者在 30 种巧克力中选择。结果，后一组中有更多人感到所选的巧克力不太好吃，对自己的选择有点儿后悔。

另一个实验是在加州斯坦福大学附近的一个以食品种类繁多闻名的超市进行的。工作人员在超市里设置了两个吃摊，一个有 6 种口味，另一个有 24 种口味。结果显示有 24 种口味的摊位吸引的顾客较多：242 位经过的客人中，60%会停下试吃；而 260 个经过 6 种口味的摊位的客人中，停下试吃的只有 40%。不过最终的结果却是出乎意料：在有 6 种口味的摊位前停下的顾客 30%都至少买了一瓶果酱，而在有 24 种口味摊前的试吃者中只有 3%的人购买东西。

太多的东西容易让人游移不定，拿不准主意。同理，对于管理者，太多的意见也会混淆视听。不要以为越多的人给出越多的意见就是好事，其实往往适得其反。由于每个人看问题的角度不同，给出意见的动机也不尽相同，所以一味地注重听取别人的意见很容易让自己拿不定主意。

（商　文）

生活悟语

　　在学习上、生活上，不要贪图热闹，太多的诱惑、太多的选择很容易让我们随波逐流，难以判断。所以在充满诱惑的社会里，我们要懂得分辨，小心选择。太过注重外在因素的左右，只会在潮流中迷失自我。

选择决定命运

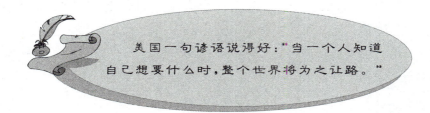

美国一句谚语说得好："当一个人知道自己想要什么时，整个世界将为之让路。"

英特尔公司前总裁格鲁夫说："人生最奢侈的事就是做你想做的事。"员工违心做事，有的是身不由己，更多的是可供的选择太多，不知道自己想做什么。英国心理学家萨盖做的实验证明：戴一块手表的人知道准确的时间，戴两块手表的人便不敢确定几点了。

美国洛杉矶加州大学经济学家韦奇观察到，即使一个人已有了主见，但如果有 10 个朋友的看法和他相反，他就很难不动摇。易趣公司CEO 吴世雄对此深有体会："中国市场上的诱惑太多，机会太多，割舍最难。不是做什么，而是决定不做什么最难。"

公司的商业机会如此，员工的职业规划也如此，要选择员工所能达到的职场高度。拿亨利·福特来说吧，当年爱迪生公司许诺福特做主管，条件是福特要放弃内燃机车的研制，福特的选择很轻松："我早就知道我一定会选择汽车。"年轻的福特知道自己存在的价值，知道自己的路与众不同，他要做的就是汽车制造的先驱，而不是区区一个不知名的主管。如果福特当年选择做主管，很难说还有福特汽车公司，也难说美国是一个车轮上的国家。

再来看托马森·沃森，他被撵出公司时已经 40 岁了，而且拖家带口，但即使在那个时候，他选择职业也很严格。他先后拒绝了制造潜艇的电船公司和生产武器的雷明顿公司的邀请,他觉得这些红火的公司在二战后就没有什么前途了。道奇公司请他做总经理,但不能分红,沃森也没有接受。

如果沃森没有拒绝这些对别人来说十分诱人的职位,就没有了后来的 IBM 公司。

教练法则:选择做什么工作,就是选择自己是什么人。有的员工半途而废,无所适从,没有成就感,都是因为不能解决这个根本问题而导致的。美国一句谚语说得好:"当一个人知道自己想要什么时,整个世界将为之让路。"

(吴仕逶)

生活悟语

抵挡不住利益的诱惑,三心二意地做出选择,一生只会碌碌无为。从事自己喜欢的事业,才会如鱼得水,开拓出自己的一片新大陆。有时候,选择直接决定我们成就的大小,决定我们一生的幸福和快乐。

从囚徒到明星

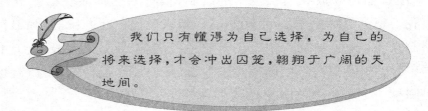

我们只有懂得为自己选择,为自己的将来选择,才会冲出囚笼,翱翔于广阔的天地间。

一个名叫 R.热佛尔的黑人青年,他在很差的环境——底特律的贫民区里长大。他的童年缺乏爱抚和指导,跟别的坏孩子学会了逃学、破坏财物和吸毒。

他刚满 12 岁就因为抢劫一家商店被逮捕了;15 岁时因为企图撬开办公室里的保险箱再次被捕;后来,又因为参与对邻近的一家酒吧的武装打劫,他第三次被送入监狱。

一天,监狱里一个年老的无期徒刑犯看到他在打垒球,便对他说:"你是有能力的,你有机会做些你自己的事,不要自暴自弃!"

年轻人反复思索老囚犯的这席话,做出了决定。虽然他还在监狱里,但他突然意识到他具有一个囚犯能拥有的最大自由:他能够选择出狱之后干什么;他能够选择不再成为恶棍;他能够选择重新做人,当一个垒球手。

5 年后,这个年轻人成了全明星赛中底特律老虎队的队员。底特律垒球队当时的领队 B.马丁在友谊比赛时访问过监狱,由于他的努力使 R.热佛尔假释出狱。不到一年,R.热佛尔就成了垒球队的主力队员。

这个青年人尽管曾陷于生活的最底层,尽管曾是被关进监狱的囚犯,然而,他认识到了真正的自由,这种自由是我们人人都有的,它存在于自由选择的绝对权力之中。我们所有的人都有这种权力。

R.热佛尔也可以推脱说:"现在我在监狱里,我无法选择,我能选择什么呢?"但他说的是:"我能够做出决定。"

这种自由选择的权力是你作为自己生活的总统所拥有的最有力的工具。这种权力是区别人和动物以及其他存在物的特征。

世界上许多人说无法选择,就不存在什么个性自由。他们认为决定人的行为的只是机遇。这种说法是比较偏激的。国际著名的精神病学家 V.富兰克在第二次世界大战时曾被关进德国集中营。他研究了自己的思想,还与别人交谈。以后,他得出结论说:"只有一种东西是不可剥夺的:那就是人类的自由——在任何情况下选择自己态度的自由——选择自己独特的行为方式的自由。"

([美]鲍勃·摩尔)

生活悟语

　　暂时的人身限制，可能没有多少自由的空间。但人的思想是自由的，心情是开阔的，我们只有懂得为自己选择，为自己的将来选择，才会冲出囚笼，翱翔于广阔的天地间。

一只蜗牛的苦旅

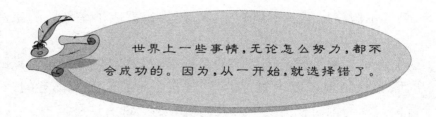

世界上一些事情，无论怎么努力，都不会成功的。因为，从一开始，就选择错了。

　　春天到了，葡萄藤悄悄吐出了浅绿的嫩芽。一个雨后的傍晚，蜗牛们都出来活动，男蜗牛们暗恋的偶像孟依依说："我不要天上的星星，我我我……只是想吃几粒葡萄！"可是，一只蜗牛的生命只有100天左右，葡萄架那么高，谁能摘得到呢？况且，即使摘到了葡萄，生命也到了尽头。

　　"也许，我能……"这时，一只小小的蜗牛慢慢爬过来，怯怯地看着大家说。

　　"哇噻，老兄，你也太搞笑了吧！"几只蜗牛同时笑翻，在地上打起滚来。

　　"可是，没有试过，又怎知我不能呢？"这只蜗牛说完，背起自己沉重的壳，穿过目瞪口呆的蜗牛群，一步一步向葡萄藤爬去……

7天后,这只蜗牛已经爬了很高,以至他再也不敢低头往下看。17天后,一只黄鹂问道:"喂,离葡萄成熟还早得很呢,现在上来干什么?""等我爬上去葡萄就成熟了!"蜗牛信心十足地回答。黄鹂鸟听后,笑得险些岔气。

第27天,他已经清楚地看见葡萄藤上的叶子了。然而,不幸的事情发生了。这天下午,可怜的蜗牛被两位美食家吓得一下子摔回了地面。

地上的蜗牛纷纷围上来,一起嘲笑他。但这只倔强的蜗牛决心从头开始……第54天,这只蜗牛终于又爬回到原来的位置。在浓密的叶子间,已经长出了一串串葡萄。

第97天,这只蜗牛终于爬到了葡萄架的顶端。这时候,他的生命只剩下最后几天时间了。可是,他觉得,只要能摘到葡萄,就会实现自己一直追求的梦想。于是,他继续奋力爬去……可是,经过最后的艰难跋涉,出现在他眼前的,却只有一架只剩下叶子的葡萄藤,上面已经没有葡萄了,因为葡萄刚刚被主人摘了。

在高高的葡萄架上,这只蜗牛静静地死掉了。临死前,他开始有些明白:世界上一些事情,无论怎么努力,都不会成功的。因为,从一开始,就选择错了。

(青衫浪子)

生活悟语

选择,不要意气用事;目标,要根据自己的实际能力而定。选择过高的目标,即使你付出很大的努力,直到生命的最后一刻也不一定能够成功。量力而行,付出的劳动自然会有收获。

比尔·盖茨为什么成为世界首富

没有人可以同时将双脚抵达南极和北极，只有懂得取舍的人，才可以将梦想走得更远。最终，我只选择了其中之一……

　　一家报纸举办一个有奖问答活动，问题只有一个：比尔·盖茨为什么成为世界首富？应征答案雪片般飞来，可谓千奇百怪。最后获得大奖的是一个刚刚大学毕业参加工作不久的年轻人。

　　年轻人的答案很简单：比尔·盖茨的成功是因为他没做很多事情。年轻人为他的答案给出这样的理由：“我的答案缘于我的一段经历。即将大学毕业时，因为我的学习成绩比较优异吧，很多公司都有意聘请我。其中有一家房地产公司给出的高薪让我不能不心动，毕竟我刚刚大学毕业，稳定而又富足的收入是我稳步生活和发展的必要；而一个朋友希望我能够和他共同创办一家软件开发公司的诱惑也让我非常向往，我在读大学时就梦想毕业后自己创业，以便可以更充分地发挥自己的想象力和创造力……我经过一番权衡和思考，最后做出一个决定，应聘到那家求贤若渴的房地产公司工作的同时，和朋友合力开办一家自己的软件公司。可当我兴奋地将自己的这个‘一举两得’的决定说给老师时，老师却一脸严肃地告诉我：‘以比尔·盖茨的实力，他可以买下纽约，可以去做房地产等等，但他始终专注在自己的操作系统和软件的研发，而不被市场中别的诱惑所吸引，所以，他才走到了所有人的前面。’老师的话让我明白了，没有人可以同时将双脚抵达南极和北极,只有懂得取舍的人,才可以将梦想走得更远。最终,我只选择了其中之一……"

不是每个人都可以成为比尔·盖茨,但每个人都可以拥有和比尔·盖茨一样的智慧:重要的不是做了什么,而是不做什么。

（澜　涛）

分散自己的精力,一脚踏两船,最后只会船翻人沉。只有选择自己最喜欢的轮船,专心致志行驶,才会到达理想的彼岸。其实,舍弃生命中的枝枝叶叶,才会直上云霄,高人一筹。

人生总会遇到许多挫折,不顺心的事我们难以选择,但至少可以选择面对困难的态度。微笑着面对,才会减轻自己的痛苦,走出低谷;愁苦满面,只会让自己的心情越来越沮丧。

第 六 辑

粗生活,细教养

让 小 学 生 学 会 生 活 的 100 个 故 事

粗生活、细教养就是说父母不需要在饮食等生理层面对孩子过分关注,生活可以粗线条点,但对于教养就要细线条。

古希腊哲学家赫拉克利特说:"礼貌是有教养的人的第二个太阳。"一个人可以生得不漂亮,但是一定要活得漂亮。无论什么时候,良好的修养、文明的举止、优雅的谈吐、博大的胸怀,以及一颗充满爱的心灵,都可以让一个人活得足够漂亮。

第 二 身 份

如果说学位、职位代表了一个人的身份的话，那么习惯和修养就是人的第二身份，人们同样会以此去判断一个人。

　　和在布里司托尔的大多数留学生一样，李君也借住在当地一户居民家中，这样又省钱生活条件又好。

　　房东坎贝尔夫妇待人热情大方，他们只是象征性地收李君几英镑房租，硬把李君从邻居家中"抢"了过来。有一位外国留学生住在家里，对他们来说是件很自豪的事情。他们不仅很快让整个社区的人知道了这件事情，还打电话告诉了远在曼彻斯特和伦敦的儿女。

　　李君非常珍惜这得之不易的学习机会。白天刻苦用功自不待言，晚上在图书馆一直待到闭馆时才离开也是常有的事。好在李君遇到了好房东，可以一门心思学习，一点儿也不用为生活操心。

　　每天李君回到"家"里，可口的饭菜都在等着李君；每隔四五天，坎贝尔太太就会逼着他换衣服，然后把换下的衣服拿去洗净烫好。可以说，他们就像对待儿子一样待李君。

　　可是，过了没多久，李君就感觉坎贝尔先生对他的态度有些转冷，看他的眼神有些异样。好几次吃饭的时候，坎贝尔先生都好像有什么话要对他说，但是看看太太，又把话咽了回去。李君开始猜测，他们是不是嫌收我的房租太少，想加租又不好意思说？

　　那天晚上11点多李君从学校回来，洗漱完毕刚想脱衣睡觉，坎贝尔先生蹑手蹑脚地走进李君的房间，寒暄两句后，坎贝尔先生坐到椅子上，一副谈话的姿势。看来他终于要说出憋在心里的话了。

李君心里早有准备，只要在他的承受能力之内，他加租多少李君都会答应，毕竟这样的好房东不是在哪儿都能找到的。

坎贝尔先生开口道："在你中国的家里，你半夜回家时，不管你的父母睡没睡，你都使劲关门，噼噼啪啪地走路和大声咳嗽吗？"

李君愣住了：难道这就是他憋在心里的话？李君说："我说不清，也许……"真的，长这么大还没有人问过他类似的问题。他自己也根本没有注意过这些"细节"。

"我相信你是无心的。"坎贝尔先生微笑着说，"我太太有失眠症，你每天晚上回来都会吵醒她，而她一旦醒来就很难再睡着。因此，你以后晚上回来如果能够安静些，我将会非常高兴。"

坎贝尔先生停顿了一下，接着说："其实我早就想提醒你，只是我太太怕伤你的自尊心，一直不让我说。你是一个懂事的孩子，你不会把我善意的提醒视为伤害你的自尊吧？"

李君很勉强地点头。他并不是觉得坎贝尔先生说得不对，或者有伤自尊，而是觉得他有些斤斤计较。和父母一起生活了二十几年，他们从来没有和他计较过这种事，如果他也因此打扰过他们的话，他们肯定会容忍他的，充其量把他们的卧室门关紧而已。

李君心里感慨：到底不是自己家呀！

当然，尽管李君心里有牢骚，但他还是接受了坎贝尔先生的提醒，以后回家尽量轻手轻脚。然而，不久后的一天中午，李君从学校回来刚在屋里坐定，坎贝尔先生就跟了进来。

李君注意到，他的脸阴沉着，这可是很少有的。"孩子，也许你会不高兴，但是我还得问，你小便的时候是不是不掀开马桶垫子？"他问。

李君的心里"咯噔"一声。李君承认，有时他尿憋得紧，或者偷懒，小便时就没有掀开马桶垫子。

"偶尔……"李君嗫嚅。

"这怎么行？"坎贝尔先生大声说，"难道你不知道那样会把尿液溅到垫子上吗？这不仅仅是不卫生，还是对别人的不尊重，尤其是对女人不尊重！"

李君辩解："我完全没有不尊重别人的意思，只是不注意……"

"我当然相信你是无心的,可是这不应当成为这样做的理由!"

看着坎贝尔先生涨红的脸,李君嘟囔:"这么点儿小事,不至于让你这么生气吧?"

坎贝尔先生越发激动:"替别人着想,顾及和尊重别人,这是一个人最起码的修养,而修养正是体现在小事上的。孩子,考取学位和谋得一个好的职位固然重要,但与人相处时良好的习惯和修养同样重要。如果说学位、职位代表了一个人的身份的话,那么习惯和修养就是人的第二身份,人们同样会以此去判断一个人。"

李君不耐烦地听着,并随手拿起一本书胡乱翻起来。他觉得坎贝尔先生过于苛刻。

晚上,李君躺在床上考虑良久,决定离开坎贝尔家。既然他们对自己看不上眼,那就另找家比较"宽容"的人家居住。

第二天李君就向坎贝尔夫妇辞别,全然不顾他们的极力挽留。然而接下来的事情却让他始料不及。

李君一连走了五六户人家,他们竟然都以同样的问话接待他:"听说你小便时不掀开马桶垫?"那口气、那神情,让他意识到这在他们任何一个人看来都是一件不可思议的很严重的问题,李君只有满面羞愧地返身逃走。

至此,李君才真正明白了坎贝尔先生说的"习惯和修养是人的第二身份"这句话。在人们眼中,李君既是正在接受高等教育的中国留学生,也是一个浅陋的、缺乏"修养"的人。

李君并不怨恨坎贝尔夫妇把他的"不良习性"到处传播,相反,陷入如此窘境,他对他们的怨气反而消失了,甚至还非常感激他们。如果没有他们,没有那段尴尬的经历,他还会像以前一样令人生厌地"不拘小节"。

生活悟语

细节更能看出一个人的品行修为。所谓"一屋不扫,何以扫天下"呢?每个人都应该从身边的小事做起,时时替别人着想,尊重每一个人,严格要求自己,力求每一件小事都不会影响到他人。这样有修养的人,无论走到哪里,都是受欢迎的。

等到近时好好说

当两个人争吵时，不要让心的距离变远，更不要说一些让心的距离更远的话。自然过上几天，等心的距离没那么远时，再好好地说吧！

有一天，一个教授问他的学生："为什么人生气时说话是用喊的？"

所有的学生都想了很久，其中有一个学生说："因为我们丧失了'冷静'。"

"但是，为什么别人就在你旁边，你还是用喊的，难道不能小声地说吗？为什么总是要扯着嗓子喊呢？"教授紧接着问。

学生们七嘴八舌地说了一大堆，但是没有一个答案是让教授满意的，最后教授解释说：

"当两个人在生气的时候，心的距离是很远的，而为了掩盖当中的距离使对方能够听见，于是必须用喊的；但是在喊的同时人会更生气，越生气距离就越远，距离越远就要喊更大声……"

教授接着继续说："而当两个人如果是知心朋友呢？情况刚好相反，不但不会用喊的，而且说话都很有礼貌，为什么？因为他们的内心很接近，心与心之间几乎是没有距离的，所以知心朋友之间通常是诉说的口气，他们之间无所不谈，他们是用心在交流，所以，声音听起来没有生气，没有大声的叫喊。"

最后教授做了这样一个结论：

"当两个人争吵时,不要让心的距离变远,更不要说一些让心的距离更远的话。自然过上几天,等心的距离没那么远时,再好好地说吧!"

生活悟语

　　生气的时候再吵架,那无疑如火上浇油,雪上加霜,只会让局面陷入更加困窘的地步。说话有时比打架的杀伤力更大,因为打架也只不过是当时痛一下,但是说话却有可能在人的心里留下长久的阴影。发生争吵时让自己平心静气,暂时分开冷静下来,等到心的距离拉近,再好好沟通,这是最好的方法。

克林顿睡地铺

　　晚上,克林顿不顾自己正处于手术后的恢复期,主动让80岁高龄的老布什睡床,自己则睡在地板上,这让老布什大为感动,也成为国际媒体的一个美谈。

　　美国现任总统小布什对前总统克林顿颇有点儿嫉妒,其中缘由,除了老百姓更喜欢克林顿之外,还因为小布什的父亲、老布什总统也更喜欢克林顿,弄得小布什只得自我解嘲:"我父母现在最喜欢两个人,一个是我,另一个是克林顿。"

　　为什么大家都喜欢克林顿?老布什和克林顿,分属民主党和共和党,他们曾经是一对冤家。遥想1994年的美国总统大选,老布什饱受克林顿的攻击、嘲讽、揶揄,最后更是败在这个毛头小子手下,颜面尽失。克林顿究竟有什么魅力?居然能够让老冤家像喜欢儿子一样喜欢自己。

实际上,克林顿感动老布什的却是一件小事。2005年,东南亚发生罕见的海啸,制造了人间灾难。3月,克林顿作为联合国秘书长安南的特使,和小布什总统的特使老布什同乘专机到灾区慰问。当时专机上只有一张床,是让刚刚接受心脏手术的克林顿休息,还是让老布什休息呢?专机服务员颇有点儿为难。殊不知,克林顿早就观察到了这一点。晚上,克林顿不顾自己正处于手术后的恢复期,主动让80岁高龄的老布什睡床,自己则睡在地板上,这让老布什大为感动,也成为国际媒体的一个美谈。从此,两人的关系逐渐亲密,最后发展到亲如父子!

老布什和克林顿的关系,也改善了小布什和克林顿的关系,后来小布什多次邀请克林顿担任他的大使。最近,小布什还表示在卸任后要与克林顿进一步发展关系……

要让"敌人的敌人"成为我们的朋友,并不难,因为之间有共同的利益,但这种朋友之间往往没有真正的友谊。当共同的敌人消失之后,就会再一次印证英格兰古老的名言:"没有永恒的朋友,也没有永恒的仇敌,只有永恒的利益。"要让敌人成为我们的朋友就要本事了,敌人转化成的朋友,这之间不仅是"友",更有"谊",往往也更加持久。如何让冤家变成朋友,克林顿确实值得我们学习。

克林顿让床的举动,实际上就是我们中华民族的尊老美德。在我们的生活和工作中,不少人也用心去交际,努力营造自己的人脉。他们懂得尊老爱幼,也知道去关心爱护别人,但就是在用情用心方面差点儿火候,总让人觉得做作、虚伪、不自然,因而难以达到感动对方、以心换心的交际效果。在这一点上,我们真的要好好学习借鉴克林顿用"情"尊老的交际方法。

(叶 雷)

细微处见人心。克林顿的"让床"是尊老的美德,它拉近了原本心存芥蒂的人之间的距离,化冤家为朋友。美德是自然而然表现出来的,无须过多的矫饰,却让人感受到最美好的心灵。美德,正是一个人修养的重要组成部分。

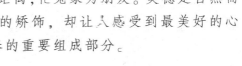

第六辑 粗生活,细教养

记住对方的名字

> 名字代表一个人，它不是单纯的文字符号，而是有情感的。记住一个人的名字，表示你对他的关注和重视，还有了解和尊重。

某学校招聘教师，要通过试讲从几名应聘者中选出一名。几位应试者都做了精心的准备。

铃声响了，一个个试讲者分别微笑着走上讲台。师生互相致意后，开始讲课。导入新课、讲授正文、总结概括、复习巩固……各项工作进行得还算顺利。为了避免满堂灌，有一个试讲者也效法前面几位试讲者的做法，设计了几次并不高明的课堂提问，但效果一般。下课时，比较自己与前几名试讲者的效果，这名试讲者估计自己会输。

谁知，第二天他即接到被录取的通知。惊喜之余，他问校长为什么选中了他。

"说实话，论那节课的精彩程度，你还稍逊一筹。"校长微笑着说，"不过，在课堂提问时，你叫的是学生的名字，而他们却叫学号或用手指。试想，我们怎能录用一个不愿去了解和尊重学生的教师呢？"

生活悟语

名字代表一个人，它不是单纯的文字符号，而是有情感的。记住一个人的名字，其实也是表示你对他的关注和重视，还有了解和尊重。当一个人得到尊重,他感觉到自己的人生价值被肯定,也会对别人回报同样的尊重。尊重人的名字,其实也是在尊重生命。

感谢是对人的一种礼貌

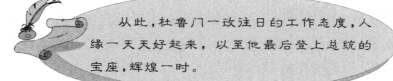

从此,杜鲁门一改往日的工作态度,人缘一天天好起来,以至他最后登上总统的宝座,辉煌一时。

杜鲁门在就任副总统之前是某州改府办公室的领导人。一次他因为肺炎在医院住了一个多月。在住院的那段时间,他的下属分担了他所有的工作,而且不时抽出时间来看望他,使他深受感动。因为在这之前他作为领导,态度很强硬,致使好多下属对他敬而远之。

在他疾病缠身住院期间,同事们陆续都来探视他,使他感受到了无限的温暖。回想自己以往的态度,使他觉得有时工作方法有问题,致使自己的威望有所下降。于是他决定改变原来的工作作风,从此和善待人。

一天,一位叫莉莎的办公室同事来探视他,杜鲁门以往对她态度尤为不好,现在决定和她交交心,希望达到心灵和思想上的沟通。

莉莎来到他的病床前,放下礼物和鲜花,礼节性地向她的上司进行一番问候之后就准备离开。杜鲁门开口道:"莉莎小姐,请留步,我们可以谈谈吗?"

莉莎回头一笑表示同意。杜鲁门继续道:"以前,在工作中我经常向你大声喊叫,很对不起,我这人就这脾气,其实我对任何人都没有恶意,但是这影响了我们的关系。我决定改正这个缺点，和大家融洽相处。"

莉莎接口道："没什么，杜鲁门先生，我们理解你，你所做的一切都是为了工作！"

从此以后，杜鲁门与下属们尽释前嫌，开始了他们愉快的工作。一天，中餐的时候，他看到花店老板摆弄的一束束鲜花，他一下子觉得应该给下属们送些鲜花。于是他吩咐花店老板去给他的下属送花，在卡片上写上"只是因为……"却不署名，并请求花店老板为他保密。

当他精心安排的鲜花送达时，下属的脸上显得容光焕发。那天办公室的气氛更是异常，下属们一个个显得兴奋不已，每个人都在猜测自己的爱慕者是谁。这时，只有杜鲁门一人独自很开心。

连续3天杜鲁门如法炮制。给办公室每位下属送花，谁能想到一束束鲜花的魔力呀！他制造的迷雾让所有人纷纷打电话问花店送花者是何许人也，他们都想知道那位不留名的送花者到底是何方神圣。但是，花店的老板是那样贴心，竟没透露半点儿口风。

一种奇妙的气氛笼罩着办公室，整个部门的人都想知道谜底是什么。送花能给办公室带来这么多温情与快乐，这让杜鲁门欲罢不能，每天都有下属等着送花，且猜测下一位收到"只是因为……"卡片的接收者；而送花的小姐也和他们一样，每天都想知道下一位幸运者是谁。每天中午过后，下属们就会接到花店打来的电话，告诉他们谁是今天幸运的收花者。

随后，弥漫在他们办公室的欢乐很快传播到别的办公室，最后整个政府办公机构跟着沸腾起来，喜悦溢满了杜鲁门的心田，因为"只是因为……"带来的喜悦，让所有的人都感受到了快乐，这件事整整持续了一个月之久。

最后一次的"只是因为……"的花篮被送到全体员工的会议上，并写上了对每一位同仁的热爱，也揭晓了那位只写"只是因为……"的送花者的谜底，这时人们才知道了迷雾制造者竟是他们一向很严肃的上司杜鲁门。

从此，杜鲁门一改往日的工作态度，人缘一天天好起来，以至他最后登上总统的宝座，辉煌一时。

　　别人借你一块橡皮擦,说声谢谢,这是一种礼貌。别人的付出,无论是否重要,你都应该怀着感恩的心,去感谢他们的帮忙。说声感谢,是一种感恩的表达方式,是良好的教养和素质的表现。

温莎公爵待客的故事

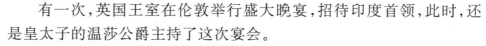

　　只见温莎公爵神色自若,一边与客人谈笑风生,一边端起自己面前的洗手水,像客人那样自然而得体地一饮而尽。

　　有一次,英国王室在伦敦举行盛大晚宴,招待印度首领,此时,还是皇太子的温莎公爵主持了这次宴会。

　　宴会在非常友好的气氛中进行着,达官贵人们觥筹交错,相与甚欢。就在宴会即将结束的时候,发生了一件意想不到的事情,使整个宴会的氛围被彻底破坏了。按照当时宴会的程序,侍者在晚宴即将结束的时候为每一位来宾端来了洗手水。印度客人看到那精巧的银制器皿,以为里面盛着的亮晶晶的水是用来饮用的,于是端起来一饮而尽。当时,作陪的英国贵族个个目瞪口呆,不知如何是好,大家纷纷把目光投向主持人。

　　这时,只见温莎公爵神色自若,一边与客人谈笑风生,一边端起自己面前的洗手水,像客人那样自然而得体地一饮而尽,接着大家也纷纷效仿。原本要造成的难堪与尴尬,在瞬间消逝无形,宴会在一片欢乐声中取得了预期的成功。

温莎公爵在这次宴会中的举动，无疑是一种礼貌，甚至可以说是他道德修养的具体表现。他的这种行为，不仅表达了自己对客人的尊重，而且使这次宴会非常完美，没有留下任何的遗憾。

在日常生活中，礼貌待人往往体现着一个人对别人的尊重和友善。当然，我们也不可能有温莎公爵那样的人生际遇，但没有那样的人生际遇并不意味着我们就可以不讲礼貌。比如见了熟人，我们要学会主动打招呼；见了老师要问好；别人帮助了你，你要及时说一声"谢谢"……不要小看这样的几句话，它往往会使我们的生活充满温馨，使我们在片刻之间营造一个充满爱的环境。

生活悟语

温莎公爵的善意举动化解了客人的尴尬，也得到了更多的尊重和感激。赫尔岑说："生活里最重要的是有礼貌，它比最高智慧、比一切学识都重要。"礼貌体现在日常生活的细节中，不小心踩到人说声"对不起"，得到帮助说声"谢谢"，这都是礼貌的行为，需要我们从小就注意培养。

李嘉诚递名片

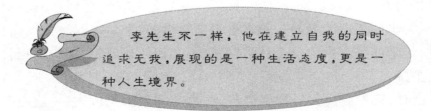

李先生不一样，他在建立自我的同时追求无我，展现的是一种生活态度，更是一种人生境界。

一个月前我去香港，和李嘉诚吃了一次饭，感触非常大。李先生 76

岁,是华人世界的财富状元,也是大陆商人的偶像。大家可以想象,这样的人会怎么样?一般大人物都会等大家到来坐好,然后才缓缓出场,讲几句话。如果要吃饭,他一定坐在主桌,有个名签,我们企业界20多人中相对伟大的人会坐在他边上,其余人坐在其他桌,饭还没有吃完,大人物就应该走了。如果他是这样,我们也不会怪他,因为他是伟大的人物。

但是令我非常感动的是,我们进到电梯口,开电梯门的时候,李先生在门口等我们,然后给我们发名片,这已经出乎我们意料——因为李先生的身份和地位已经不用名片了!但是他象做小买卖的商家一样给我们发名片。发名片后我们一个人抽了一个签,这个签就是一个号,就是我们照相站的位置,是随便抽的。我当时想为什么照相还要抽签,后来才知道,这是用心良苦,为了大家都舒服,否则怎么站呢?

抽号照相后又抽个号,说是吃饭的位置,又是为了大家舒服。最后让李先生说几句,他说也没有什么讲的,主要是来和大家见面。后来大家鼓掌让他讲,他就说:"我把生活当中的一些体会与大家分享吧。"然后看着几个老外,用英语讲了几句,又用粤语讲了几句,把全场的人都照顾到了。他讲的是"建立自我,追求无我",就是让自己强大起来要建立自我,同时又要追求无我,把自己融入生活和社会当中,不要给大家压力,让大家感觉不到你的存在,来接纳你、喜欢你。之后我们吃饭。我抽到的正好是挨着他隔一个人的位子,我以为可以就近聊天,但吃了一会儿,李先生起来了,说抱歉我要到那个桌子坐一会儿。后来,我发现他们安排李先生在每一个桌子坐15分钟,总共4桌,每桌都只坐15分钟,正好一小时。临走的时候他说一定要与大家告别握手,每个人都要握到,包括边上的服务人员,然后又送大家到电梯口,直到电梯关上才走。这就是他的追求无我,显然,在这个过程中他都做到了。

一个成功的人对生活的态度非常重要。我们在生活中经常看到一些人,做一些事情偶有所得,他的自我就会让别人不舒服,他的存在让你感到压力,他的行为让你感到自卑,他的言论让你感到渺小,他的财富让你感到恶心,最后他的自我使别人无处藏身。李先生不一样,他在建立自我的同时追求无我,展现的是一种生活态度,更是一种人生境界。

(冯　伦)

第六辑　粗生活,细教养

站在成功之上,却从不张扬,永远谦虚,尊重每一个人,这需要多么好的修为才能做到啊。而现实生活中有些人,取得一点儿成就便得意洋洋,目空一切,他的存在给人无形的压力,并且不懂得尊重为何物,这样的人同样得不到别人的尊敬。

敲 门

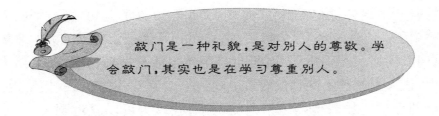

敲门是一种礼貌,是对别人的尊敬。学会敲门,其实也是在学习尊重别人。

从前有个猎人在山上打猎,中途遇到了倾盆大雨,路都被冲刷得变了形,猎人也因此而迷路了。一连几天,无论他如何尝试,始终没有走出山林,身上带的干粮也都吃光了,猎人真是走投无路了。

一个很偶然的机会,他发现了一间小木屋,于是快步走向前去。正当他暗自庆幸得救时,却发现了另一个让他吃惊的现象:小木屋的屋主是个性格怪僻的隐士,传说他对闯入者都会心怀敌意,完全不理任何到此造访或是打搅他的人。但迫于饥饿,猎人还是走进了禁地。

怎样来敲开这个怪僻之人的门?猎人荒唐地想了很多办法:也许,用枪迫使隐士就范,抢夺他的食物,但这样事后可能要接受法律的制裁;也许,隐士可能出手夺枪,进而引发枪战,如果猎人射中隐士,他将被控谋杀罪,如果猎人自己被射中,同样是一场悲剧。

可是，如果不向隐士索取食物，自己很有可能就要死在这荒山野岭。一定要抓住这个机会向隐士求救，可又怎么跟他说呢？

猎人想了想，他觉得武斗的办法未免有点儿冲动，他轻轻地走上前，敲了敲门，等隐士开门后，猎人马上微笑着说："尊敬的先生，我是来这里打猎的，不幸迷了路。"说着，主动将枪递给隐士。隐士感到非常惊异，这个来客表达友好的方式太奇怪了，于是默默地将枪收下了。

见隐士没有拒绝自己，猎人赶紧诚恳地请求道："能不能用枪和您换点儿食物？因为我实在饿得不行了。"

由于武器在自己的手中，隐士感到很安全，同时猎人对他的尊敬也使他感到很高兴。"进来吧！"他破天荒地邀请猎人进去，并为他准备晚餐。饭后，隐士将枪还给猎人，并指引他走出了山林。

生活悟语

　　敲门是一种礼貌，是对别人的尊敬。然而，生活中随便推门进别人房间的孩子比比皆是，这些孩子或许并没意识到这是一种坏习惯。学会敲门，其实也是在学习尊重别人。

最后一道考题

　　那封带附件的邮件是公司的最后一道考题。他之所以能胜出，只不过因为多花了3分钟时间去表示自己对公司的感谢。

　　北京一家美国 IT 公司的公关部招聘一位职员，最后只剩下了5

个人。公司通知这 5 人，最终聘用谁，得由美方经理层会议讨论通过才能决定。几天后，5 个应聘候选人之一的小伟收到一封电子邮件，邮件是 IT 公司人事部发来的。主要内容是：

> 非常遗憾地通知你，经公司研究决定，你落聘了。我们很欣赏你的学识、气质，但因为名额所限，只能忍痛割爱。公司以后若有招聘名额，一定会优先通知你。你所提交的材料录入电脑存档后，不日将邮寄返还于你。
>
> 最后，衷心地感谢你对本公司的信任。随信附件寄去本公司赠送的价值 50 元的免费上网卡一份。祝你开心！

小伟在收到电子邮件的一刻，为自己的落聘很失望，十分伤心；但又为 IT 公司的诚意所感动。便顺手花了 3 分钟时间，用电子邮件给那家公司发了一封简短的感谢信。

出乎小伟意料之外的是，第二天，他收到那家 IT 公司的电话，说经过人力资源部有关人员的讨论，他已被正式录用为该公司的职员。

后来，小伟才明白那封带附件的邮件是公司的最后一道考题。他之所以能胜出，只不过因为多花了 3 分钟时间去表示自己对公司的感谢。

生活悟语

"谢谢"两个字，能让人的心里回荡着春日的温暖，让人忘记付出的疲惫的过程，让人沐浴到灿烂的阳光。学会感谢，其实是学会做人，学会表达自己的感激，学会尊重别人的劳动成果。

公　德

教育中的"德"，一个重要成分是公德。公德的根本是重视他人的存在。全民动员，做有公德的人。

在汉堡定居的一个中国人，对我讲了他的一次亲身感受——

他刚到汉堡时，随着几个德国青年朋友驾车到郊外游玩。他在车里吃香蕉，看车窗外没人，就顺手把香蕉皮扔了出去。驾车的德国青年马上"吱"的来个急刹车，下去拾起香蕉皮塞到一个废纸兜里，放进车中，并对他说："这样别人会滑倒的。"这件事对他印象极深，从此再也不敢随便乱丢废物。

在欧美国家的快餐店里，有个不成文的规矩，吃完东西要把用过的纸盘纸杯吸管扔进店内设置的大塑料箱内，以保持环境的整洁。为了使别人舒适，不影响妨碍别人，这叫公德。

在美国碰到过两件小事，我却记得非常深。

一次在华盛顿艺术博物馆前的阔地上，一个穿大衣的男人猫腰在地上拾废纸。当风吹起一张废纸时，他就像捉蝴蝶一样跟着跑，抓住后放在垃圾筒内。直把地上的乱纸拾净，拍拍手上的土，走了。这人是谁，不知道。大概他看不惯这废纸满地的景象，就这样做了。

另一次在芝加哥的音乐厅。休息室的一角是可以抽烟的，摆着几个脸盆大小坐地的烟缸，里面全是银色的细砂，为了不叫里边的烟灰显出来难看。但大烟缸里没有一个烟蒂。柔和的银沙很柔美。我用手

127

一拂，几个烟蒂被指尖勾起来。原来人们都把烟蒂埋在下面，为了怕看上去杂乱。值得深思的是，没有一个人不这样做。

有人说，美国人的文化很浅，但教育很好。我十分赞同这个见解。教育好，可以使文化浅的国家很文明；教育不好，却能使文化古老国家的人文明程度很低，素质很差。教育中的"德"，一个重要成分是公德。公德的根本是重视他人的存在。

我坐在布鲁塞尔一家旅店的大厅内等候一个朋友。我点着烟，看到对面一个人面前放个烟碟，就伸手拉过来。不一会儿，那人站起身伸长胳膊往面前的烟碟里磕烟灰，我才知道他正在抽烟，赶紧把烟碟推过去。他很高兴，马上谢谢我，并和我极有好感地谈起天来。我想，当我把烟碟拉过来时，他为什么不粗声粗气地说："哎，你没看见我正在抽烟？"

美好的环境培养着人们的公德，比如清洁的新加坡，有随地吐痰恶习的人也不会张口把一口黏痰吐在光洁如洗的地面上。相反，混乱肮脏的环境败坏人们的公德，比如纽约地铁，墙壁和车厢内外到处胡涂乱抹，污秽不堪，人们的烟头乱纸也就随手抛了。

好的招致好的，坏的传染坏的，善的感染善的，恶的刺激恶的，世上万事皆同此理。

（冯骥才）

生活悟语

爱护环境，保持清洁，其实也是在保护自己的健康，表现自己的公德心。不要被恶劣的环境污染，而是心中一定有一套道德标准，按照这套标准规范自己的行为，并影响他人向良好的方向发展，全民动员，做有公德的人。

巨人的自谦

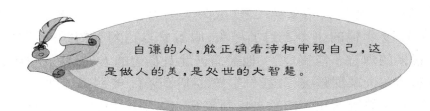

自谦的人，能正确看待和审视自己，这是做人的美，是处世的大智慧。

在人类的历史上，能够与从事发明创造的诺贝尔相媲美的发明家屈指可数，在身后能够与其留下的名声相媲美的人更是凤毛麟角。他一生给我们留下了 225 项重大发明，他把自己的所有遗产捐献给为社会设立的诺贝尔奖，不仅让他名垂青史，更成为惠及全人类的伟大义举。

按照我们平常人的思维，像这样一位伟大的人物，是应该大书特书一部像样的传记传世的。世界上有多少人是那么热衷于给自己树碑立传啊。诺贝尔给我们留下了那么多伟大的发明，他没有理由不让后人讴歌自己的伟大。

他的哥哥就这样认为。弟弟取得了这样伟大的成就，一辈子为了发明创造竟然没有来得及结婚，没有享受过一天轻松的生活。应该写一部传记留给后人，让人们记住弟弟。他强迫弟弟停下手头的工作给自己写传记。诺贝尔每天都与哥哥住在一起，他实在没有理由拒绝哥哥的好意，迫不得已，写了自己的传记：

"阿尔弗雷德·诺贝尔，他那可怜的半条生命，在呱呱坠地之时，差一点儿断送于一个仁慈的医生之手。主要的美德：保护指甲干净，从不累及别人。主要的过失：没有家室，脾气坏，消化力弱。仅仅有一个愿望：不要被别人活埋。最大的罪恶：不敬神。生平主要事迹：无。"

这就是伟大的诺贝尔给我们留下的只有一百多个字的传记!

让我们好好看看这个传记吧。他把从不累及别人当做自己最大的美德;他不敬什么神,他坚信财富是依靠自己的努力创造的;更令我们不可思议的是他认为自己没有什么事迹,不过是一个平常的人!

无独有偶,同样认为自己没有什么事迹的人,还有文艺复兴时期意大利最著名的艺术家达·芬奇,他同时是画家、雕刻家、建筑师、工程师、音乐家、哲学家、科学家,他的绘画风格影响了几个世纪。他的代表作品《最后的晚餐》和《蒙娜丽莎》成为人类历史上最经典的作品。但是,在1519年他的生命走到了尽头,眼看着自己剩下的时间不多了,自己很多的理想不能实现了,他很痛苦地对身边的人说,我的一生,不过是利用白天来酣睡罢了,我一生做的事太少了,光阴都虚度了。

还有我们所熟知的荷兰杰出画家凡·高,他给我们留下的作品,在今天都是价值连城的。但是,他在自己生命的最后时刻,一直在为自己没有什么成就而痛苦。他甚至因为自己一直画不出他心中认为的杰出作品,而烧掉了很多画作。他在最后时刻对自己的弟弟说,我很痛苦,我一生一事无成啊。

无论诺贝尔、达·芬奇还是凡·高,他们说自己一生一事无成,绝对不是故作矫情和谦虚,是因为他们心中的目标更加宏伟和遥远,他们对自己有更高的要求,我想,这也许正是他们名垂青史的一个重要原因吧。相比这些为人类的进步留下了巨大财富的人,我们中间那些热衷于给自己树碑立传的人,该是多么的汗颜和无地自容啊。

自谦的人,能正确看待和审视自己,这是做人的美,是处世的大智慧。

(鲁先圣)

把眼光放宽广一些就会发现,世间特别能干的人很多,比我们贤能有德的人比比皆是。学习无止境,修养也是无止境的,所以我们要懂得自谦,时刻清除心中骄傲自满的杂草、乱石,我们才能不断进步。

教授的尊重

尊重不只是一个得到或者给予的问题，其实在给人尊重的时候，同时也得到了别人的尊重。

一个十分偶然的机会，我和贾教授一起去火车站送人。所送主人是贾教授的朋友，又是我家的远房亲戚。

那天正好是周末，学校离火车站又不是很远，他们年纪都比较大了，那位亲戚又带了不少的行李，需要上上下下的，于是我就责无旁贷地充当了"脚夫"的角色。

送走他之后，我和贾教授刚走出火车站口不远，就看到一个疯疯癫癫的人迎了上来，拦住了我们的去路。他衣着褴褛，头发乱蓬蓬的。我原以为是一个讨钱的，就掏出一元钱来递给他。他瞪了瞪我，没有接，然后将目光移向了贾教授，小心翼翼地说："这位老先生，我看得出来你是个有学问的人，能不能给我讲讲关羽是怎么死的？"

我想推开他，贾教授却阻止了我，领着那个疯子到了一个楼角。他从吕蒙设计，讲到关羽败走麦城，最后遇害，大约用了十几分钟时间。教授讲得绘声绘色，那疯子也听得津津有味。临走的时候，疯子抓住贾教授的手，眼睛中泛动着晶莹的泪花："谢谢你，我求了好多人，只有您才肯给我讲！"我看到教授的手也用力摇动了几下。

回校的路上，我问贾教授："他是一个疯子吧？"教授沉默了一会儿才说："也许是，但他首先是一个人，只要是人，都是值得尊重的。因为

第六辑　粗生活，细教养

131

在尊重别人的时候,更重要的还是在尊重自己!"

贾教授的话给我的震动很大,的确,尊重不只是一个得到或者给予的问题,其实在给人尊重的时候,同时也得到了别人的尊重;当你践踏别人的尊严的时候,自己的尊严也正在自己的脚下痛哭地呻吟着。

(彭永强)

生活悟语

尊重是每个人必须具备的良好品质。俄国诗人普希金说过:"尊重别人吧,这样会使别人快乐加倍,也能使人痛苦减半。"随时释放我们的真心、爱心和包容心,用心去尊重身边的每一个人,自己也会获得快乐!

把别人当做一个真正的人

不知为什么,这一句"如果我是你",竟让小林十分感动。因为自己被当做一个真正的人得到尊重。

小林曾经在美国的一家快餐店打工,有一天,他错把一小包糖当做咖啡伴侣给了一个女顾客。她非常恼火,因为她很胖,正在减肥,必须禁食糖和一切甜点心。她大声嚷嚷,简直把那包糖当成了毒药:"哼,他竟然给我糖! 难道他还嫌我不够胖!"

那时,小林完全不懂减肥对美国人有多么重要,他愣在那里,不知所措。

这时,黑人女经理闻声而来,她在小林耳边轻轻地说:"如果我是你,马上道歉,把她要的快给她,并且把钱退还她。"

小林照着做了,再三道歉,那女顾客哼哼几下就不出声了。这件事是快餐店的一次小事故,他等着经理来批评自己,可是,她只是过来对小林说:"如果我是你,下班后我大概会把这些东西认认真真熟悉一下,以后就不会拿错了。"

不知为什么,这一句"如果我是你",竟令小林十分感动。后来,他在学校上课,在其他地方打工,才发现,老师也好,老板也好,明明是对你提出不同意见,明明是批评你,他们很少有人会"别……别……"地责问他:你怎么做得这样?你以后不能这么干!而是常常委婉地说:"如果我是你,我大概会这样做……"这使人不感到难堪,不感到沮丧,反而让你感到有那么点儿温暖,那么点儿鼓励。仔细分析下来,他们说的话只是多了那么几个字,"如果我是你……"就一下子站到了对方的立场。大家一平等,情绪自然不会对立,沟通更容易进行。

那时小林反复想,奇怪,老美怎么就这么会做人?他们真会说话。后来碰到一件事,使小林有了新的认识。有一次,他去好莱坞一个美国演员家做清洁工。女主人给他布置完工作,突然问他:"我能够吸烟吗?"小林吃了一惊,说:"你是在问我?"她说:"是啊,我想抽支烟。"小林说:"这是你的家呀,怎么还要问我?"她说:"吸烟会妨碍你,当然该得到你允许。"小林赶忙说:"你以后不用问,尽管吸好啦!"

她这才拿起烟把它点燃。那天小林愣了许久,也想了许久。怎么这么奇怪?一个人在自己家里抽烟,还要温文尔雅来征求一个清洁工的同意,真是匪夷所思!然而,小林不得不承认,那一刻,他非常高兴,非常感动。因为自己被当做一个真正的人得到尊重。

生活悟语

委婉的建议比直接的批评更让人容易接受,做一件可能影响别人的事情时先征求意见能够感动人心,因为这样做的出发点只有一个:对人的尊重。学会尊重别人,自然也会得到别人的感激和尊重。

爱护环境，保持清洁，其实也是在保护自己的健康，表现自己的公德心。不要被恶劣的环境污染，而是心中一定有一套道德标准，按照这套标准规范自己的行为，并影响他人向良好的方向发展，全民动员，做有公德的人。

有效沟通,曲线更近

让小学生学会生活的 100 个故事

在数学的世界,两点之间直线最短。但在与人交往的过程中,两颗心最短的距离并不一定是直线。

在与人交往的过程中,我们很难直截了当就把事情做好。我们有时需要等待,有时需要合作,有时需要技巧。懂得聆听,懂得感谢,懂得设身处地为对方思考,懂得巧妙婉转地表达自己,才能把你和别人的心拉得更近。

于 无 声 处

车到某站，男孩站起来，笑着用右手和"黄大衣"击掌而别，然后跳下车，消失在茫茫夜色中。

黄昏，我搭上一辆中巴，找了个靠窗的位子坐下。

我拿出手机，准备打发近一个小时的百无聊赖的旅程。但不一会儿，我被前排的两个聋哑人吸引住了——他们在用手语热烈地交谈着，大幅度的比画动作伴以丰富的表情，让我相信我"听"到的是最有趣味的一次聊天。

靠窗的哑男孩20岁左右的样子，面容俊秀；穿黄大衣的聋哑人好像是他的父亲，又好像是他的哥哥，说到尽情处，亲热地挽住男孩的肩膀，拍了又拍。他俩挥舞着手臂比画的时候，我发现男孩的左手仅有拇指和食指两个手指，手掌也斜斜地只剩下一小条，像是劳动中受的伤。穿黄大衣的聋哑人的左手只有一个食指，大拇指又弯又小，像是天生的残疾。

夜色已浓，车内光线昏暗，我抬抬眼镜，朝前探了探身，想弄清黄大衣聋哑人的手到底是怎么了。可能我的眼神过于专注，靠得又太近了，"黄大衣"警觉地回头看了我一眼。我一惊，马上报以歉意的一笑。他见我并无恶意，也冲我笑了笑，就转回头接着刚才的话题继续比画开了。

他俩用仅有的手指急切地、快乐地做着各种手语，沉浸在他们兴致勃勃的"谈话"中时，我是茫然的，我无法进入他们那个无声的世界，正如他们不能进入我们这个喧嚣的、嘈杂的世界一样。但我还是跟着他们的手势,小学生一样苦苦地、认真地领会着他们话里的含义。在我看来,那样的交谈真是吃力而又酣畅淋漓,听者和说者,都需要全身心地投入。

说起来,再没有比车上密度更高的人群了,摩肩接踵、亲密无间,看了让人感到温暖,好像一家人似的。但往往是谁也不会看谁一眼,交谈更是不可能的。此时,这对聋哑人的交谈便是车上唯一的风景。

车到某站,男孩站起来,笑着用右手和"黄大衣"击掌而别,然后跳下车,消失在茫茫夜色中。原来他俩不是一家人,也是陌路相逢人。

(王梅芳)

生活悟语

许多人的内心都有一个坚实的壁垒,外人无法侵入,只有真情才能触及其心灵中最柔软的地方。人非草木,孰能无情。一个充满防范与猜疑的环境并不利于人的生存和发展,敞开心扉吧,你会发现原来真情处处都在。

谢谢你问了我的姓

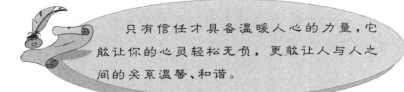

只有信任才具备温暖人心的力量,它能让你的心灵轻松无负,更能让人与人之间的关系温馨、和谐。

表叔喜滋滋地到我的单身宿舍来了。满脸都是漾开的笑容,一见我就说:"哎,叔今天高兴哟。"我问他:"是捡到钱包了?"他摇摇头。"是买彩票中奖了？"他还是摇摇头。我说："到底是什么事嘛！"

表叔喝了一口茶说："今天早上，我在劳务市场上站了大半天，终于揽到了一个活儿，是让我去擦洗抽油烟机的，我就跟她去了。到了她家，她问我，师傅你贵姓？我一愣，在城里打工这么多年了，还没有主顾问过我的姓呢。我不知道她为什么要问我，我说，免贵姓张。那女人就说，哦，张师傅，那就麻烦你了。那女人一声张师傅，喊得我心里暖暖的，这么多年，我的姓成了某某的，比如通下水道的，洗抽油烟机的，灌液化气的……今天终于有个人，那么认真地问了我的姓，然后还称我张师傅，我好高兴哟。我卖力地擦着抽油烟机，我真恨不得把抽油烟机擦下一层皮来。过了一会儿，那女的接了一个电话，听那意思是她单位让她马上过去。她从包里掏出钱，放在桌上，对我说，张师傅，我要出去一下，你要擦好了，就把我的门锁上，工钱放在桌子上了。看着她走了，我的眼睛湿湿的。在这个城市里，许多人喊我做事，你到他家里，他的两只眼睛会始终不离你左右，等你走时还要对你上上下下望好几眼，生怕你拿了他的东西，可这个女人就这么走了。我把她的抽油烟机擦好后，我就走了，我没拿桌上的工钱，我留了一个小纸条给她。"

表叔说到这里，停了下来，脸上又浮现出了笑意，我催促他说："纸条上都写了些什么？"表叔说："一句话：'谢谢你问了我的姓。'"

（余同友）

生活中的误会与不幸往往因猜疑而生。人一旦产生了猜疑，就会一直想着对方的错，从而愈发不理智。只有信任才具备温暖人心的力量，它能让你的心灵轻松无负，更能让人与人之间的关系温馨、和谐。

尊重才是最珍贵的礼物

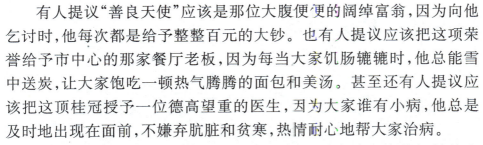

大家一致通过把这项桂冠授予那位几乎一无所有的老太太，因为她施舍给了大家从没有人施舍过他们的珍贵东西，那就是微笑和对大家的尊重。

一座小城的乞丐们在圣诞节的前一天聚集在一起，他们在这座小城靠乞讨生活已经将近一年了，城里的居民给了他们一日三餐的生活，给了他们温暖，也给了他们许多难以忘怀的善良。在圣诞节就要到来时，他们决定选出一位施舍给他们最多、最善良，也最使他们感动的人，然后全体乞丐要编织一只"善良天使"的花环，把它作为圣诞礼物，送给这位大家公认的最善良的人。

有人提议"善良天使"应该是那位大腹便便的阔绰富翁，因为向他乞讨时，他每次都是给予整整百元的大钞。也有人提议应该把这项荣誉给予市中心的那家餐厅老板，因为每当大家饥肠辘辘时，他总能雪中送炭，让大家饱吃一顿热气腾腾的面包和美汤。甚至还有人提议应该把这顶桂冠授予一位德高望重的医生，因为大家谁有小病，他总是及时地出现在面前，不嫌弃肮脏和贫寒，热情耐心地帮大家治病。

正当所有乞丐都争吵得面红耳赤的时候，一个腋下夹着拐杖的女孩站了起来，她说："我想应该把'善良天使'授予那个下巴上长着一颗黑痣的大婶。"马上有人站起来反对说："不行，她并不比我们富裕，没给过我们百元大钞，甚至连一块面包也没有。"但夹着拐杖的姑娘说："但只有她才给了我们别人没有给予过的东西。""别人没有给予过的东西？那是什么东西呢？是黄金？是支票？还是钻石什么的？"有人站起来问。姑娘沉静地望着大家说："她每次都给了我们微笑，并且还抱歉地同我们每个乞讨者说：'对不起，因为我实在没有什么能给予你们。'"姑娘想了想又说："对，她给予了我们尊重。"

大家都沉默了，是的，面包、衣服、金钱、美酒都常常有人施舍给过他们，但又有多少人能施舍给他们微笑和尊重呢？沉默了一会儿，所有的乞丐都"哗哗"鼓起掌来，大家一致通过把这顶桂冠授予那位几乎一无所有的老太太，因为她施舍给了大家从没有人施舍过他们的珍贵东西，那就是微笑和对大家的尊重。

生活悟语

　　投身社会，与人相处，要想得到他人的真诚相待，就应当真诚地对待他人、尊重他人。尊重是一切关系的基础，只有建立在尊重基础上的沟通、交流、合作才是平等的、诚挚的，才能营造和谐幸福，带来温馨的回报。

谦虚是一种大智慧

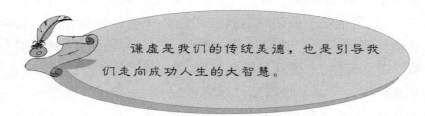

　　谦虚是我们的传统美德，也是引导我们走向成功人生的大智慧。

　　在崇尚个性张扬的今天，"谦虚等于进步"的老话已经被大多数人遗忘了，取而代之的是自夸和炫耀。尤其在竞争激烈的现代职场，人们更是极尽张扬之能事，许多人已经不知谦虚为何物，但我相信骄兵必败。

谦虚是我们的传统美德，也是引导我们走向成功人生的大智慧。

世界上很多名人都是谦虚的，他们的谦虚来源于深刻的自信。

哈兹利特在一篇著名的文章中写道："莎士比亚是最谦虚的人。他本人并无出奇之处，但是他具备别人的一切优点，或者说他具备了别人可能具备的一切优点。"

莎士比亚自认为是芸芸众生中的一员，而且与他人毫无差别，在他人看来十分出奇的地方，他自己却认为并不出奇。他的各种天赋都是与生俱来的，他似乎根本没有注意到这些。事实上，他具有人类所知晓的所有才能。

从许多人身上表现出来的事实可以证明：一个人越伟大，他就越谦虚，这种谦虚来源于他内心深处对自己的信心。因为成绩本身就说明了一切，他不必去登广告，更不必去写份简介进行预告。

懂得谦虚是一个人成熟的表现，自信与谦虚也正是辩证的统一。IBM 总裁送给他儿子的座右铭恰当地把两者结合了起来——"心灵像上帝，行动如乞丐。"心灵要永远有高傲之情，但行动上却要像乞丐一样，去珍惜，去把握一切有助于我们人生幸福与成功的机会。"宽阔的河流平静，学识渊博的人谦虚。"凡是对人类发展作出巨大贡献的人物都有谦虚的美德。

近代科学的开创者牛顿有三大成就——光学分析、万有引力定律和微积分学，为现代科学的发展奠定了基础。但牛顿每当在科学上获得伟大成就时，从不沾沾自喜，自以为很了不起。牛顿费尽心血算出"万有引力定律"后，没有急于发表，而是继续孜孜不倦地深思了数年，研究了数年，埋头于数字计算之中，从未对任何人讲过一句。

后来，牛顿的朋友、大天文学家哈雷（彗星的发现者）在证明一个关于行星轨道的规律遇到困难时，专程登门请教牛顿。牛顿把自己关于计算"万有引力"的书稿交给哈雷看。哈雷看后才知道他所要请教的问题，正是牛顿早已解决、早已算好的问题，心里钦佩不已。1684 年 11 月，哈雷又到牛顿的寓所拜访。当谈到有关天文学的学术问题时，牛顿拿出论证"万有引力"的论文，请哈雷提意见。哈雷看后，对这部巨著感到非常惊讶。他欣喜地对牛顿说："这真是伟大的论证，伟大的著作！"他再三劝说牛顿尽快发表这部伟大著作，以造福于人类。可是牛顿仍然没有轻易地发表自己的著作，而是经过长时间的一丝不苟的反复验证和计算，确认正确无误后，才于1687年将《自然哲学的数学原理》发表于世。

牛顿是个十分谦虚的人，从不自高自大。曾经有人问他："你获得成功的秘诀是什么？"牛顿回答说："假如我有一点儿微小成就的话，没有其他秘诀，唯有勤奋而已。"他又说，"假如我看得远些，那是因为我站在巨人们的肩上。"

从这些意味深长的话语中，我们可以看到这位伟大科学家的谦虚胸怀，它生动地道出了牛顿获得巨大成就的奥妙所在。

只有自己才是自己最可怕、最强大的敌人。很多时候，失败的人并不是被他人打败的，他们的失败往往在于不能正确认识自己的处境及自我能力的局限，而忘乎所以地追求不切实际的目标。谦虚，是一种生活的智慧，能让人永远处于清醒的自我评价状态中，少走弯路，稳步前行。

淡如茶水的隔膜

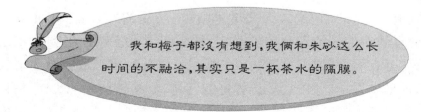

我和梅子都没有想到，我俩和朱砂这么长时间的不融洽，其实只是一杯茶水的隔膜。

办公室就梅子、朱砂和我三个女孩。梅子快言快语，极易相处；朱砂则有些内向，总将自己封闭得严严实实，虽然同在一间办公室，她却好像和大家离得很远。

上周我到浙江出差，回来时我咬牙买了半斤极品西湖龙井，想让酷爱喝茶的梅子开开眼。我早早地来到办公室，烧开一壶水，给自己和梅子各泡上了一杯。

没多久，梅子来了，一进门，就喊道："你泡的什么茶，这么香？""算你识货，正宗的极品西湖龙井，花了我一个月薪水才买来这么一点儿，就是为了让你品茶上个档次。"梅子笑道："还算你有良心，赶紧给我泡上一杯。"说着从自己的柜子里拿出一个精美的茶杯，我一愣，指着桌上的那杯茶："这不是你的杯子？"梅子道："你真是粗心，这是朱砂的杯子，我俩的杯子虽然外形相似，可图案一点儿也不一样啊。"我心疼不已，只好再捏一小撮龙井，放进梅子的杯子，沏上水，整个办公室清香缭绕。

这时，朱砂走了进来，她也闻到了满屋的茶香，向我俩看了一眼，就回到自己的办公桌前。梅子喊道："朱砂，过来尝尝瑶瑶买的极品茶。"朱砂走过来，看到桌上泡好的满满三杯茶，脸上露出微微的笑意。梅子继续说道："这茶可贵了，就这一小包，足足花了瑶瑶一个月的薪水呢。这次还算她大方，出差也没有忘记好姐妹。"朱砂端起自己的杯子，真诚地对我说："谢谢你，瑶瑶。"弄得我既不好意思又惭愧。

接下来的几天，朱砂对我和梅子的态度明显起了变化，虽然她的话不多，但已经不那么拒人于千里之外了。

月末发薪水那天，朱砂居然对我和梅子说："今天晚上，你俩到我家吃晚饭吧。"

我和梅子都没有想到，我俩和朱砂这么长时间的不融洽，其实只是一杯茶水的隔膜。

（乖女瑶瑶）

生活悟语

由于社会竞争的激烈，每个人都刻意强化自己对"安全"的需求。但人不可能永远孤立于社会而存在，人需要交流与合作。在合适的时机降低一下自己的姿态，打开心门，让真情常驻，就会收获珍贵的友谊。

听听当事人的意见

> 不管你是激进的还是保守的，在做事关"乌龟"的决断时，都不要忘记先听听乌龟自己的意见。

　　一位叫格拉姆·斯坦姆的女权主义运动领袖在读大学时的一次地理考察中经历了一件有趣而难忘的事情。

　　在史密斯大学演讲时，斯坦姆和听众分享了这次经历。

　　"在考察中，在蜿蜒的康涅狄格河畔，我发现了一只巨大的乌龟，它趴在一段路的护堤上。它显然是从河里爬出来的，经过一段土路才到了现在这个地方。它还在继续前进，随时有被汽车轧死的危险。

　　"同是地球上的生物，我觉得帮助它是责无旁贷的。于是我走上前，连拉带拽，最后总算把这只大乌龟从路障上带回岸边。这期间，它不断愤怒地想咬我一口。

　　"当我正要把乌龟推回河里时，地理学教授走了过来，并对我说：'你知道，为了在路边的泥里产卵，那只乌龟可能花了一个月的时间才爬上公路，结果你要把它推回河里！'

　　"哎，我当时懊恼极了。不过，在后来的岁月里，我发现那次经历是我人生中生动的一课。它时刻提醒我不要犯主观臆断的错误。不管你是激进的还是保守的，在做事关'乌龟'的决断时，都不要忘记先听听乌龟自己的意见。"

　　爱建立在理解与平等的基础上，而从来都不是强制的给予与接受。不要以爱的名义轻易地将自己的喜好、判断强加于人，站在不同的角度看风景，会各有各的感受，冷暖自知。

重复一次你说的话

要想获得别人的尊重，首先必须学会尊重别人。

　　他是一家进出口公司的老板，工作中指挥若定，威风八面，可是，回家一碰到儿子，没讲三句话，又是拍桌子又是摔门，弄得家里鸡犬不宁。

　　这天，儿子又回来晚了，他大发雷霆，父子正争得面红耳赤之际，儿子突然间就住了口，然后一字一顿地说："爸，再这样吵下去也不是办法，我能不能请您把我刚刚说的那句话说一遍给我听？"

　　"啊？"他被吓了一跳，压根儿也没想到儿子有这招。

　　"你说……你说……做父亲的太能干，当然看不起儿子。"

　　"不对！您再想想看，我是这么说的吗？"

　　"浑小子！那你怎么说的？你自己说过的话，你自己为什么不再说一次？"

　　儿子突然间笑出声："您看！从头到尾，我说什么您都没有在听，那些话是您自己想的,我可没这么说。我们不是要沟通吗?那么,我说什么,您重复一次给我听,再轮到您说,我来重复。"

"喂!哪有那么多时间重复来重复去!你是真的想气死我啊!"

"爸!我们就试试看吧!否则这种争吵会没完没了的,你再想一想我到底是怎么说的?"

他想一想,终于承认:"我真的想不起来,你再说一次好了。"

"好吧!我说,父亲很能干,儿子一方面很佩服,一方面怕自己赶不上,心里多少有点儿压力。"

他冷静地一想,儿子说得合情合理,自己怎么会那么激动?结果,这天晚上,父子俩第一次谈了两个小时而没有吵架,这个效果让他也意想不到。

一觉醒来,虽然睡眠不足,但他还是神清气爽,一大早就到了公司,因为早上要开一个重要的采购会议,讨论的是价值一千万的机器,到底是买美国货,还是日本货。依采购部的报价,日本的价格便宜,东西也不差,可是工程师却主张买美国货。

会议上,他让总工程师发表意见,这是一种表面上的礼貌,总工程师也知道,老板做久的人,多少喜欢独断专行,什么事情早就有了主意。经验告诉他,老板问他只是个形式,谁不想省钱?老板要买哪一种大家早就心知肚明,因此他无精打采,说了不到5分钟就说没意见了。

若是往常,他总是会在这个时候大唱独角戏,享受那种权威感,可今天……

"总工程师,我来重复你的要点,你看我说的跟你的意思一样不一样:日本的机器,价格虽然便宜,东西也不错,可是将来如果出了毛病,要他们做售后服务工作,问题就来了,他们的人因为语言问题无法跟我们直接沟通,找来的翻译对精密仪器又是外行,机器坏在哪里,我们无法充分了解,下次再发生一样的问题,还是要请他们的人来,说不定还会耽误生产时间,如此算下来,还是买美国货比较适合!"

随着他的重复说明,总工程师眼睛渐渐亮了起来,他打起精神,再次补充,就这么你一言我一语的,大家滔滔不绝地讨论了起来……

要想获得别人的尊重，首先必须学会尊重别人。尊重别人，最主要的就是多站在对方的立场上考虑问题，这样人与人之间的沟通才更加有效，事情解决起来也比一意孤行来得好。你对别人的态度也很大程度上决定了别人对你的态度。

在别人身上看到自己

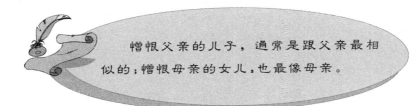

憎恨父亲的儿子，通常是跟父亲最相似的；憎恨母亲的女儿，也最像母亲。

几年前，参加一个心理学课程，主持人说："你会成为你最憎恨的那个人。"

这句话如雷贯耳。憎恨父亲的儿子，通常是跟父亲最相似的；憎恨母亲的女儿，也最像母亲。

我们非常憎恨某人，不知不觉间，却变成象对方那样的人。某人非常憎恨她的上司，即使离职后，她仍然在别人面前咒骂她，然而每个人都觉得她们两个其实非常相似。我们憎恨某人，也许是在那人身上看到自己。为了不想变成同类，于是切齿痛恨。可是，却又因为恨得太深，一个不留神，便会变成那个人。

为了不要变成我憎恨的人，我唯有尽量不去憎恨。我宁愿变成我爱的人。

因为欣赏一个人，才会爱上他。假使要选择成为另一个人，很自然地就希望成为他。要像他那么仁厚，要像他那么睿智，也要像他那么有风度，又或者拥有他那双好看的眼睛。

以前做过一个心理测验，问题是："你想变成爱人哪一部分？"我选择了眼睛，那便可以看到他看到的东西，看到他眼中的我。

朝夕相对，天长日久，一天，你蓦然发现，你原来拥有他的眼神。你在自己身上看见他，也在他身上看见自己。

（张小娴）

生活悟语

不要把自己局限在自设的懊恼和怨恨的圈子里，因为这样只会让自己也浸染了这些让自己憎恨的气质。如果你能爱身边每一个人，欣赏身边的每一件事物，那么你也将变得更为愉悦与优秀。

学会倾听

大多数的人，自我意识都很强，都希望有表达自我的机会，所以，你根本不必担心该说什么，只需要静静地、专心地听对方说，这就够了。

安妮在一家肯德基连锁店做收银员，每天晚上到了下班时间孤独就会爬上安妮的心头：她总是一个人孤单地吃完晚餐，然后就随手拿起一本小说来打发时间。

纽约这么大的都市,拥有数百万人口,每天人来人往,有欢笑,也有惊奇,却没有任何一个人注意到自己的存在,这世界还有比这更荒凉的吗?安妮一想到这般的冷清,就像一只受惊的小兔子,蜷缩在自己的小天地里。

这种日子已经过了几个月,她不知道该如何是好,她不知道怎样才能交到朋友,尤其是知心的朋友。难道大学四年毕业之后,面对的就是这种生活吗?

这还不是最难过的,反正她可以借着阅读各种爱情小说,与书中女主角共度欢笑悲伤,让时间慢慢流逝。但是到了深夜,一个人躺在床上,这才是最难熬的时光,她不知道,是否每个正常人都会有这种需求。

有一天,安妮接到通知要去见公司人事部主管琳达女士,她不知道自己怎么会来这儿见人事主管,也不知道自己怎能对着她侃侃谈出自己的情况,因为她一向不善于表达自己,以往这种情形总是令她手足无措,说不出话来。

人事主管琳达是个善解人意的人,她语重心长地对安妮说:"只要你愿意,我可以帮你攻克难关,并且交到朋友。不过,首先你必须抛开那些爱情小说,利用晚上的时间到艺术学校去选修些课程,不要再读那些虚幻不真实的小说来自欺欺人。还有,你在公司的工作很有发展潜力,我希望你努力干,有一天能升到广告部门的执行组,也正因为如此,你更需要多学一些绘画及用色方面的技巧,最重要的是,你不要再整个晚上窝在家里了。"

安妮还记得经理说过,年轻人只要肯出去参加活动,很容易就可以交到朋友,只要学着去表现自己的特点,做个活泼的女孩,一定会有许多追求者。要有所改变,做自己想做的事。同时要注意看别人做什么,听别人说什么,让自己成为一个好的倾听者;不要轻信别人的谗言;除非自己也能给予别人一些回馈,世上不会有人白白对自己好。

不久之后,安妮的生活真的变得多姿多彩,她已经克服她的困惑,她真没想到只是学着多听别人讲话,就赢得了那么多的友谊。她想起这正如琳达女士曾经告诉她的："大多数的人，自我意识都很强，都希望有表达自我的机会，所以，你根本不必担心该说什么，只需要静静地、专心地听对方说，这就够了。"

原来，良好的人际关系这么简单，以往安妮把自己关在小天地里，拒绝和别人沟通，现在，情况完全不同了。

生活悟语

很多时候，滔滔不绝的夸夸其谈并不能为你带来良好的人际关系及事业的成功。因为，你所想的不一定就是别人所想的，以你自己的想法随意揣测别人的意图甚至会让你功亏一篑。倾听是一门艺术，掌握倾听的艺术则是一种卓越的生活技能。

播种习惯，收获成功

　　几年前，一位记者问一位获诺贝尔奖的科学家："请问您在哪所大学学到您认为最重要的东西？"这位科学家平静地说："在幼儿园。""在幼儿园学到了什么？""学到把自己的东西分一半给伙伴，不是自己的东西不要拿，东西要放整齐，做错事要道歉，仔细地观察事物。"这位科学家出人意料的回答，直接说明了儿时养成的良好习惯对人一生具有决定性的意义。

　　造成人与人不同境遇的，不是天才和环境，而是习惯。很多人把平庸和懒散当成习惯，而成功的人却把优秀当成一种习惯。

成功学大师的故事

并不是我聪明才知道吸毒的可怕，而是有幸很早便有人告诉我，因而没有染上吸毒的恶习。

美国成功学大师安东尼·罗宾讲过这样一个故事：

很早以前我曾对烟酒和毒品避之唯恐不及。我之所以不喝酒，是因为在我还是个孩子时，有一次在家里见到有人喝醉酒而吐得一塌糊涂，那种痛苦的模样留给我极深刻的印象，让我知道喝酒实在不是一件好事；我还有一个对喝酒印象不佳的经验，便是一位好友的母亲留给我的。她胖得实在是不像话，约有 200 公斤重，每当她喝醉酒便会紧紧地搂着我，使我的脸上和身上沾满了她的口水。因而这使我对酒感到深恶痛绝，如今只要闻到别人嘴里呼出的酒气，便会使我极不舒服。

然而，啤酒对我来说又是另一桩故事。在我还是十一二岁时，并不把啤酒当酒来看，那是因为父亲喜欢喝，而他又从来没有过我那位同学妈妈的坏毛病。事实上，父亲喝起啤酒来的模样还真不赖，就因为他喝得也不多，所以我对啤酒的印象始终不坏，甚至于也希望学学家父喝酒的架势。

有一天，我就真的学起父亲，想试试喝啤酒的滋味，于是请我妈也给我来上一罐。一开始她不同意，说酒不是什么好东西，可是我并没接受，因为在我的印象里，爸爸喝酒的模样似乎告诉我啤酒实在是很好喝。我们经常会听不进别人的话，只相信自己的看法，而那天的经验使我认为我成长了不少。妈最后经不起我一再的央求，相信若是不给我一个难忘的教训，迟早我会到外头买来喝，于是她说："好吧，你要学你爸爸是吗？那么就得像你爸爸那样的喝法。"

我不解地问道："这话是什么意思？"

妈妈回答道："你得一次喝足6罐啤酒。"

我听了自信地说："没问题。"

当我尝了第一口啤酒，那种味道实在是难喝，跟我先前所想的完全不一样。可是为了面子我可不敢向妈承认，只好硬着头皮喝下去。当我喝完第一罐，便跟我妈说道："好了，妈，我喝够了。"

然而母亲并没有饶我。她表情木然地说："这里还有第二罐。"

随之便又拉了一罐，接着一罐又一罐。当我喝完第四罐时反胃得厉害，我相信接下来的故事各位都能猜得出来，我把胃里的东西吐了出来，弄得厨房一片狼藉。这一阵折腾让我把啤酒的气味和呕吐的不舒服连在一块儿，从此便对啤酒打消了先前的好印象，因而再也没沾过一滴啤酒。

也由于类似的经验使我没有染上吸毒的坏毛病。那是在我读小学三四年级时，有一次警察先生到学校来，放映了一部有关吸毒的可怕的电影，只见片中人物在吸毒后神志不清，甚至于疯狂地跳窗坠楼而死。当时我就把吸毒和吸食后的变态及死亡连在一起，日后连想尝试一下的念头都不敢有。可以说并不是我聪明才知道吸毒的可怕，而是有幸很早便有人告诉我，因而没有染上吸毒的恶习。

生活悟语

　　安东尼·罗宾大师的成功，在于他从很小的时候，便以自己的亲身体验，杜绝了一些恶习。健康的身体和心灵是成功的开端，良好的习惯需要我们从小培养。我们要摒弃不好的陋习，追求对自身有益的生活规律，在良好的氛围中茁壮成长。

优秀是一种习惯

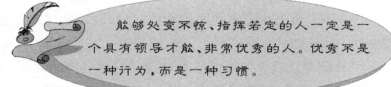

能够处变不惊、指挥若定的人一定是一个具有领导才能、非常优秀的人。优秀不是一种行为，而是一种习惯。

那年夏天，我终于如愿以偿地成为一名大学生。大学校园里的一切对于我都是那样的新奇。但随着入学日子的增加，新奇渐渐淡退，同学们发现了一个问题：班级里的班干部大多已经被辅导员老师选任，但始终没有选出班长。

有同学找辅导员老师询问原因。辅导员老师笑着解释，说自己对同学们都不了解，班长的选任就拖延了下来。有同学就向辅导员老师提议由同学们民主选举，辅导员老师摇摇头，再次拒绝了，理由是，同学们来自五湖四海，相互之间也不了解。对于辅导员老师的认真，同学们虽然都很赞同，但毕竟班不可无班长啊！开始有同学热心地推荐人选，有的同学甚至找到辅导员老师毛遂自荐……

这天，同学们正在辅导员老师的带领下开班会，一名老师突然慌慌张张地跑进教室，惊恐地说道："有教室失火了，都赶快到教学楼外去！"教室立刻乱作一团，有的女同学惊慌地喊叫着，纷纷向教室门涌去。你推我挤中，教室门变得狭窄了很多，平日里很顺畅就可以通过的教室门现在却要费尽气力。

这时候，一个洪亮的声音在教室里响起来："都不要乱，男同学站到两边去，让女同学先出去。"同学们一下都安静下来，顺着声音望过去，只见在教室的最后排，一名黑黑瘦瘦的同学正站在桌子上喊叫着："女生们也不要乱，排成两队往外走，下楼梯的时候也不要乱……"很奇怪，同学们都按照这名黑瘦同学的指挥做着，刚刚乱作一团的场面井然有序起来。当所有的同学排成两队都跑到教学楼外后，有同学询问辅导员老师："老师，既然失火了，为什么只有我们班疏散出来了啊？"辅导员老师笑了，她示意同学们都安静下来后，说道："我要说声抱歉，并没有失火，这只是一次对选任班长的测试。"说着，辅导员老师将刚才在教室内站在课桌上指挥同学们撤离的黑瘦同学叫出队伍，说道："我很高兴地告诉同学们，你们有了新班长，就是他。"接下来，辅导员老师给出了自己选择这名同学做班长的理由："突发事件中是最能体现一个人的品性和能力。能够处变不惊、指挥若定的人一定是一个具有领导才能、非常优秀的人。这样的人做你们的班长，你们应该满意吧！我希望毕业的时候你们都能够成为非常优秀的人，但请你们记住，优秀不是一种行为，而是一种习惯。"

那是我的大学生活中最刻骨铭心的一次班会，我懂得了一个受益匪浅的道理：优秀不只是一种行为，更是一种习惯。好的习惯不仅可以让过去的时光开成遍野鲜花，更可以让未来的生命霞光万千。

（澜　涛）

生活悟语

人总是不停地追求更加优秀的自己，而优秀不是天生，是靠后天的培养。在成长的过程中严格要求自己，将优秀变成一种生活方式之后，优秀便成为习惯，相伴你一生，让你的未来光华四射。

坚守生命中美好的习惯

人生也一样，如果你拥有了这样的一种美好的习惯，就要不计成败不问回报地坚守它。

　　檐角挂着一个蜘蛛网，结在短墙和檩条之间。是新织出的，纵横的经纬之间，纤尘未染，光亮亮的，在风中轻荡着。那些日子，他总觉得在单位受到了不公平的待遇，做了很多，得到的很少，于是一生气，干脆赋闲在家。那天，他遛弯儿至此，看到了这张蜘蛛网。百无聊赖之际，他一挥手，偌大的一张网，瞬息之间，便断裂成一条一条的短线，摇摆在风中了。

　　第二天傍晚，当他再经过这里的时候，他发现，又一张完整的网织在了檐角上，在夕照的余晖中，格外鲜亮。他一挥手，这张网也断裂了。

　　后来几天，他重复着这样一个百无聊赖的动作。每次他都暗想，也许，明天就再也不会看到这张网了，毕竟，不会有哪一只蜘蛛在一个地方辛辛苦苦半天，一无所获，还能不计成败地坚持下去的。

　　然而，第二天，他总能看到一张完整的新网，威风八面地挂在檐角上。

　　这天，暮色已经很浓了，他还待在檐角的地方没有走。因为，他终于看到了这张网背后的蜘蛛了，一个黑黑的家伙，正上上下下地忙碌着。他认真地端详着这只蜘蛛的一举一动，他想弄明白，究竟是什么原因，能让它这样锲而不舍地坚持下来。然而，一直到华灯初上，除了蜘蛛不停地奔波和忙碌外，他什么也没看到。

后来，他出了一趟远门，那是一座偏僻的小城，然而，他郁闷的心绪并未因为这样的一次远足而消减。凑巧的是，就在他计划要返程的时候，在小城的礼堂里，他听了一场劳模报告会。那个劳模的故事很感人，而劳模说过的一句话，尤其让他不能忘怀：我不想让大家觉得我的付出是多么的高贵，付出，只是我生活的一个组成部分，或许，对我而言，它已成了我生命中的一种习惯。

当他回去之后，再经过那个檐角的时候，便一下子懂了那只蜘蛛。是啊，它锲而不舍地结网，不计成败地付出，也许，就是它生命的一种习惯。它在做这些事情的时候，并不奢望生活一定给它带来什么；在遭遇挫折或者失败后，也从来不曾动摇过内心中的这种习惯。它知道该平静而从容地接受生活所给予的一切。

而实际上，就是这只屡屡遭受不幸的蜘蛛，在他走后，在短墙和檩条间，又结了一张更大的网，那张网上，已经黏结住了许许多多的飞虫。

人生也一样，如果你拥有了这样的一种美好的习惯，就要不计成败不问回报地坚守它。若干年之后，当你蓦然回首时候，你发现，人生的枝头上，这种习惯已经为你结出了累累的硕果。

（马　德）

生活悟语

　　坚守生命中美好的习惯，其实也是在坚守人生的信念，追求幸福的生活。坚守习惯，不是一朝一夕就能达到的事情，需要我们持之以恒，不被生活的困难打倒，不惜任何代价守护。

举　手

多举手是心理学家教给女儿的小窍门，是学习生活中的有力武器。不错，多举手是小事，但是，小事养成习惯，习惯形成个性，个性决定命运。

　　有位极具智慧的心理学家，在他的小女儿第一天上学的时候，教给她一个小诀窍，足令她在学习生活中无往而不胜。

　　这位心理学家送女儿到学校门口，在女儿进校门之前告诉她："在学校里要多举手，想上厕所的时候要举手，老师提问的时候要举手，遇到问题的时候要举手，只要有话的时候就要举手，多举手特别重要。"

　　小女孩认真地遵照父亲的叮咛，不只在想上厕所的时候举手，而且在老师发问的时候，她总是力争第一个举手。不论老师所说的、所问的她是否完全理解，或者是否能够完全答对，她总是积极举手。

　　随着日子一天天过去，老师对这个不断举手的小女孩，自然而然印象极为深刻。不论她举手发问，或是举手回答问题，老师总是优先让她开口。这种不为人所注意的争先举手发言的习惯，竟然使小女孩在学习成绩上，以及在自我肯定的表现上，甚至在许多其他方面的进步上，都大大超过了不爱举手的其他同学。

　　在不断举手的过程中，小女孩逐渐形成了积极迎接挑战的心态；

　　在不断举手的过程中，小女孩逐渐积累了积极迎接挑战的经验；

在不断举手的过程中,小女孩逐渐坚定了积极迎接挑战的信心;

在不断举手的过程中,小女孩逐渐扩大了积极迎接挑战的成绩。

多举手是心理学家教给女儿的小窍门,是学习生活中的有力武器。

不错,多举手是小事,但是,小事养成习惯,习惯形成个性,个性决定命运。小事是大事的开头,大事是小事的积累。选准小事,可成大事。

(蒋光宇)

习惯决定命运。不断地举手,是一个小小的习惯,然而,这个小习惯,却让一个小女孩积极迎接来自学习、生活的挑战。举手,是对疑惑的大胆求证,是对知识的思索和探讨,是对自我的肯定,也是获得勇气和信心的源泉。

零散时间中的奥秘

你需要从现在就开始养成习惯,一有空闲就几分钟、几分钟地练三。把零散的练习时间分散在一天里面,如此,弹钢琴就成了你日常生活中的一部分了。

卡特·华尔德曾经是美国近代诗人、小说家和钢琴家爱尔斯金的钢琴教师。有一天,他给爱尔斯金教课的时候,忽然问他:"你每天要练习多长时间钢琴？"

爱尔斯金说："每天三四个小时。"

"你每次练习，时间都很长吗？是不是有个把钟头的时间？"

"我认为这样才能提高水平。"

"不，不要这样！"卡特说，"你将来长大以后，每天不会有太长时间的空闲的。你需要从现在就开始养成习惯，一有空闲就几分钟、几分钟地练习。比如，在你上学以前，或在午饭以后，或在工作的休息余闲，5分钟、5分钟地去练习。把零散的练习时间分散在一天里面，如此，弹钢琴就成了你日常生活中的一部分了。"

当时14岁的爱尔斯金对卡特的忠告虽未能完全理解，但还是按照忠告做了。后来回想起来觉得卡特的话真是至理名言，并且他从中得到了不可估量的益处。

当爱尔斯金在哥伦比亚大学教书的时候，他想兼职从事创作。可是上课、看卷子、开会等事情似乎把他白天和晚上的时间完全占满了。差不多有两个年头，他一直不曾动过笔，他的借口是："没有时间。"后来，他突然想起了卡特·华尔德先生告诉他的话。到了下一个星期，他就把卡特的话实验起来。只要有5分钟左右的空闲时间，他就坐下来写作一百字或短短的几行。

出乎意料的是，在那个星期结束的时候，爱尔斯金竟写出了相当多的稿子。

后来，他同样用这种聚沙成塔的方法，进行长篇小说的创作。虽然学校给爱尔斯金的教学任务一天比一天重，但是他每天仍有许多短短的余暇可以利用，他仍然一边练琴一边写作，最后取得了骄人的成绩。

生活悟语

时间就像海绵里的水，是挤出来的。没有时间其实只是懒惰的一个借口，人要养成珍惜时间的良好习惯。充分利用零散的时间，就像滴水成海一样，时间久了，积累的进步也就多了。